U0806408

你才是自己唯一的珍宝

敬静 著

中信出版集团 | 北京

图书在版编目（CIP）数据

你才是自己唯一的珍宝 / 敬静著. -- 北京：中信出版社, 2019.10（2019.11重印）

ISBN 978-7-5217-0738-0

Ⅰ. ①你… Ⅱ. ①敬… Ⅲ. ①散文集－中国－当代 Ⅳ. ①I267

中国版本图书馆CIP数据核字(2019)第117619号

你才是自己唯一的珍宝

著　　者：敬　静

出版发行：中信出版集团股份有限公司

（北京市朝阳区惠新东街甲4号富盛大厦2座　邮编　100029）

承 印 者：北京盛通印刷股份有限公司

开　　本：880mm×1230mm　1/32　　印　　张：9　　字　　数：180千字

版　　次：2019年10月第1版　　印　　次：2019年11月第2次印刷

广告经营许可证：京朝工商广字第8087号

书　　号：ISBN 978-7-5217-0738-0

定　　价：52.80元

版权所有·侵权必究

如有印刷、装订问题，本公司负责调换。

服务热线：400-600-8099

投稿邮箱：author@citicpub.com

谨以此书献给我生命中遇到的所有亲情、友情和爱情

目录

序言

1 没有答案，只有真相

2 老派但现代的爱情

3

30 岁以后，高级比时髦更重要

4

你不是为了让别人满意而活

5 人到中年，都是英雄

序言

无瑕疵的完美人生

顾文瑾

10 年前，我刚入职《时尚芭莎》，在时尚大厦的咖啡厅跟敬静开会，听她介绍刚创刊的《芭莎珠宝》杂志。那是我们的第一次见面，她那天具体穿了什么衣服、化了什么妆，我已经统统不记得了。只有一个印象，经过 10 年时光的荡涤仍然鲜明如昨：这个女人，好像浑身都是劲，有一种活力满溢出来，能够感染到身边所有的人。

过去的很多年，这个勤奋努力又有一点点傲娇的双鱼座女人，成了我职场生涯里交过的最好的朋友。这些年，我目睹了她人生中的修炼，一级级打怪进阶。我见过她的彷徨挣扎，亦曾为站在聚光灯下走向辉煌的她而鼓掌。我想，我是有资格，从一个朋友的立场，来聊一聊我眼中的静主编的。

敬静来自一个军人家庭，她出生在四川，成长于北京，既有四川女人天生的勤奋，也有着北京大妞那种骨子里不服输的傲气。她父亲是一位著名的画家，家庭的艺术气息浸染着她，让她对美的事物具备天然的热爱与感知能力。她的母亲是热情而热闹的四川女子，待人良善，有一种接地气的市井的热忱。在这样的家庭氛围里长大，她既能欣赏云端的风景，又爱恋市井的热闹。

她是浪漫到一塌糊涂的双鱼座，收花跟收钻石一样开心，星盘里却又布满了好胜念旧的天蝎座，两种不同的个性奇异地融合。她文艺却理性，内心强大。她敏感而感恩，有情有义，具备爱人的能力。她面对内心恐惧从不认输，迎难而上。她有一种强大的感染力，能让很多人跟随。

在大众眼里，她是一个活得非常漂亮的女人。

她坚持美丽。各种大型的珠宝活动或论坛，她永远美美地出席——衣服刚刚好，珠宝刚刚好，形象气质刚刚好。作为中国极具影响力的珠宝杂志《芭莎珠宝》的出版人兼主编，她用自己的形象精准地传递出了杂志的风格。

她坚持追求健康，再紧张的工作也没有让她放弃健身。出差旅游时，她放下行囊后的第一件事，就是去找酒店里的健身房。拳击、塑形、跑步，她利用碎片时间做运动，不断提升自己。

她也没有忘记家庭。即使忙到飞起，她也没有忽视两个孩子的成长。中戏毕业的高冷艺术才子老公对她忠心不二，每年从奢华的珠宝夜宴回到家，“高冷”为她煮的那碗面，是情谊的最美表达。

此外，她好像还越长越好看了。和10年前相比，现在的她更洋气、更大气。

生活如多棱镜，每一个侧面，敬静都好像活得丰富多彩，充满成就。

而在我的眼里，敬静完美到拉仇恨的生活背后，有她许多艰辛的努力。

她的完美，工作生活两不误，不是因为她天生丽质，也不是因为她天生好运，而是因为内心深处，她是一个对自己很苛刻的人。

工作强度已经很大，还要不要连夜赶回北京审稿呢？还要不要继续去下一个城市做活动呢？几乎不可能谈成的商务合作，还要不要再做一次努力呢？开会像打仗一样，极度耗费精力，中间只有半小时的休息时间，要不要用来写完一篇微信文章呢？年度活动的预算捉襟见肘，还要不要坚持审美标准，哪怕自己掏钱也要完成那个最能让人赞叹的场景搭建呢？

很多时候，如果不是十万火急、关乎生死的事情，我们也许就放弃了。但敬静会在纠结之后选择坚持。她的坚持老板也许不会知道，但她内心的自己，是比老板更重要的存在。

所以她才会在怀孕时创办了全国顶尖的珠宝杂志，生完小孩 47 天后就坐经济舱飞往欧洲，参加一场对于初创的珠宝杂志倍加重要的展会。组织珠宝论坛、担任大学珠宝课的讲师、带领中国珠宝设计师走向国际，在忙碌中生下第二个小孩……每一年，她都会选择一个需要跳一跳才能够到的目标，然后用一年的时间，达成使命。

有多少人能意识到，做到完美其实是一件很辛苦的事情？让自己越来越好，就意味着你要付出比常人多十倍百倍的努力。

追求完美的女人，身上总有一种战斗力，让她们宛如新生，不可限量。

而作为朋友的静主编，我可以在她面前彻底放松。

对待朋友，她慎重而走心。

她的个性很慢热，会花很长时间，像品一杯好茶一样，慢慢观察和确认，能否接受你做她的朋友。这不是因为戒备，而是因为她一旦认定，就会倾尽所有的好来对待你，毫无保留。

她会无比用心地给许久未见的朋友准备礼物，她相信美妙的仪式感能带给他人内心的感动，她会在紧张的行程中专门挤出时间飞到别的城市给朋友过生日——她的慎重与仔细，会让你感觉到生命的隆重。

她会花时间用心倾听和感受你的心情与困扰，理解你，更宽容地接受你。她的内心充满了温情与宽容。像我这样一个没有安全感的人，跟她在一起尤其安心。在她眼里，朋友越老越好，我安然享受着她对我的宽容。

做她的朋友，时日越久，你越会觉得幸运。

时光如水，年纪越大，我越不相信“免费午餐”这件事。

无论是女强人、玛丽苏，还是口含银匙的富二代，每个人都有自己的问题，我们背负的幸福感，谁也不比谁多多少。

正因如此，我佩服那种努力挣取的人生。

这世间没有十全十美的人，但是如果有人奋力拼搏，想让生活毫无瑕疵，还是值得我们伸手按个红心点个赞的。

生命是一袭平凡的袍子，敬静做的，是在上面辛勤地镶满珠宝。

畅游在理想与现实间

石海涛

时尚主编敬静，光鲜靓丽，飞遍全球，穿梭在镁光灯与珠光宝气之间，万人仰慕，而另一个敬静，则总是在加班熬夜，出差时间远多过在家时间，为了一张图、一句话可以和编辑及设计师们争辩数小时，难得在家，夜深人静时也要坐在电脑前凝神静气、专注码字……后来我才知道她是在写自己的公众号。

个人公众号，原本就是写写对工作与生活的想法看法，可以随性，可以随意，没有多少人会深究。主编的个人公众号需要更认真地对待，但也不至于如此辛苦付出吧？可浏览了无数公众号上的“原创文章”才发现，阅读时能真正撩动心弦的公众号其实不多，阅读后能让人有所思、有所感的更是寥寥。直至此时，我才终于理解了敬静对公众号的良苦用心与坚持不懈——她的公众号是与众不同的。

敬静公众号上的文章，看似信手拈来、行云流水、一气呵成，背后却有着严谨的思路、精心的布局、渊博的学识、用心的感悟、真诚的态度，是她在日常生活中对自己思想的悉心整理，更折射着她的三观与人生态度。很多文章我阅后也获益不浅，由此对她产生了更多的了解和思想认知。

我清晰地记得很多年前，敬静说自己曾经的理想是做一名广播电台的午夜播音员——在整座城市淡去白天的繁华，沉入夜色的时刻；在人们忙碌了一天，终于可以与自我对话的时刻；在喧嚣散尽，灵魂得以释放的时刻，有一道电波穿透物理距离联通了你的心灵，有一个声音穿过浩瀚静谧的夜空来到你身边，与你耳语、和你对话，或是交流，或是引导，或是宽慰，或是沟通……感觉很亲切、很真实、很可信、很可靠。

今天的敬静，已经华丽变身为时尚主编。看似身份变了，我却认为她其实并没改变。因为她的本质没变，理想更没有变。今天她所呈现的一切背后，依旧是她承载理想所必需的责任感，以及传播力、影响力、文字表达与沟通能力……可以说，她一直在自己理想的道路上不断前行。

公众号是一种新兴的社交媒体，能够将公众号上的文章汇编成书，回归纸质阅读，我想也是敬静一个小小的夙愿。方块字会像电波一样撩动你的思绪，纸墨书香带来的氛围犹如静谧的夜空，让你在静静阅读中与她交流对话。慢慢翻阅，你能够徜徉在她的故事里，在她的感悟中体味你的感悟，甚至可能与她成为良知益友、莫逆之交。

给女儿的序

敬庭尧

女儿敬静寄来一沓厚厚的文稿，说让我阅后给她写一篇短文作为序之一。我心里暗想，现代社会的年轻人生活、工作节奏如此之快，怎么还能静下心来写作呢?

读完了文稿 5 个章节中的 44 篇小文章后，我觉得女儿真不容易啊，心里沉甸甸的，似乎这才真正了解了女儿的内心世界和生存状态。

敬静是一个很文艺、很有智慧、情商很高的女孩。她的文章不拘一格，用日记、散文或随感真实记叙了自己对生命的认识、对生活的感悟和对事物的判断，字里行间充满了生命、生活、家庭、职场、理想的美妙音符，如同生命之树在漫长的时光中结出的果实，丰硕、鲜活、绚丽。

其实一个人就是一个生命体，必然会释放出生命的能量。可喜的是敬静的生命中充盈着满满的正能量，一个人有了正能量，才会有气场、有格调、有魅力。

我女儿敬静从小到大都很争气、很努力、很能干，但作为父亲，我却亏欠了女儿很多感情，很是痛苦自责。她40岁生日时我写给了她一段赠言：

> 敬静，没想到你已到了不惑之年，祝贺你！回首往事，我为了自己深爱的绘画艺术，总是与家人离多聚少，常常当你最需要爸爸的时候，爸爸却远在千里之外采风，让你缺失了很多父爱。人生没有彩排，当我醒悟过来已时过境迁，追悔莫及。如果一切可以重来，我绝不会选择军旅画家的职业，要做慈父，护佑你们左右，陪伴你们长大，共享天伦之乐。这样人生才会有善始、有善终。

古人云："三十而立，四十而不惑。"敬静已逾不惑之年，从她的文稿中我窥见了她顽强的生命力和不凡的创造力。她成熟了，已具备了立言、立身、立命的能力和气场。我为女儿自豪、骄傲。

感谢她给了我这个机会，更感谢她撰写的文稿，因为在我心里，这是女儿送给我最好的礼物！

没有答案，只有真相

我们的心是如何变硬的

我已经不记得自己有多久没哭过了，面对生活的暴击，我或是愤怒，或是默默承受，或是片刻难过都没有的漠然……甚至，连感动的点都变得很高。总之，我很少哭了。经过一年又一年的成长，一次又一次被伤透心之后的彻悟，人到中年，我们已经钢筋铁骨，盔甲满身。

一

那一年，她 24 岁，经历了人生中第一次刻骨铭心的失恋。

20 世纪 90 年代的北京一直承载着她心中最美好的记忆，因为那是她的整个青春。随身听里经常播放的是一夜之间火遍全国的校园民谣。时至今日，偶尔听到老狼用他那温暖的声音唱起《恋恋风尘》，她的心还会不为人知地悸动一下。

相信爱的年纪
没能唱给你的歌曲
让我一生中常常追忆……

那时的她裙角飞扬，长发飘飘，并不过分美丽的脸庞却自有一份独特的明媚。她就是在他唱歌的时候爱上他的。那个年代，追女孩是不需要鲜花和钻石的。那天，很会唱歌的他在一间空旷无人的教室里，为她开了一场只有她一个观众的演唱会。一首首情歌随着他拨动吉他的手缓缓地流淌，阳光照在他的头发和脸上，闪闪发亮。

他们两人一起度过了整个大学时光，每天在一起，甜蜜、缠绵，几乎寸步不离。90 年代的校园浪漫故事大多如此，所有人都觉得他们会在一起，成为为数不多的能够终成眷属的情侣。因为都是北京人，毕业也没能将他们分开。毕业两年以后，谈婚论嫁，提上了日程。

一切都在按部就班地走向圆满……直到有一天，那个俗套的情节突然出现：他爱上了别人，而全世界最后一个知道的人是她。

她挣扎、哭闹，像个丢失了心爱玩具的孩子，她求他不要离开。她觉得自己不够美丽，觉得一定是自己做错了什么，卑微地乞求他的原谅。她每天不能做任何事，除了哭和给他打电话。她觉得世界崩塌，觉得这种痛苦比死亡还要剧烈。年轻骄傲的女孩啊，第一次直面“失去”，完全乱了阵脚，什么自尊，什么理智，什么梦想，在失恋面前统统消失不见。

当然，这种激烈到疯狂的挽留只能将他越推越远。对于失去的东西还不肯放手，就是一场对彼此旷日持久的折磨。三个月后，在她的心灰意冷和他的筋疲力尽中，两人终于耗尽了所有的温情，一拍两散，各自天涯。

她一夜长大，懂得了失去恋人不可怕，可怕的是失去了对自己的信心和希望。她更懂得了没有什么是天长地久的，一切都随时可能失去，就像随时可能到来一样。她下定决心：绝不再允许那般绝望的心情出现在自己的生命里。

从24到34岁，她又经历了大大小小的几次失恋。但是，她再也没有因此哭闹过，因为她早就知道，这没有任何用处。当然，痛还是会痛的，只是每次痛的时间越来越短，从三个月，到一个月，再到一个星期、一天……那些伤还没来得及结痂就自愈了。

现在，她经常在办公室看见小朋友因为失恋蓬头垢面地来上班，听见她们躲在卫生间里举着电话偷偷地哭……但她说不出任何温情安慰的话，只是甩出一句："别挽回，没有用。省下时间快去找下一个吧。失恋有什么啊，转角就能遇到爱。"

二

她俩都曾深信彼此可以做一辈子的好朋友。

上高中的第一天，她就觉得S与众不同。S能背大段的《红楼梦》和诗词，也会在课间给她唱谭咏麟的歌，她对S的才华钦佩不已。虽然她们俩是那么不同，一个闹一个静，一个热烈一个温婉，但在一起总有说不完的话。她们一起逃课，跑到大街上看人来人往，一起去看喜欢的演出，彼此诉说着喜欢的男孩的点点滴滴，分享着许多不能说的秘密……在残酷紧张的高中生活里，这份友谊就像是沙漠里的甘泉，滋润了两个少女的心。

她们觉得对方简直就是另一个自己，一生中能拥有这样的友谊如此难得，怎能不珍惜一辈子？

两年以后，她转学去了另一个城市。走的那天S去送她，她们哭得很伤心，就像与自己的另一部分分离。但是，距离并没有拉开两个女孩的心。在没有手机和微信的年代，书信是多么美妙的沟通方式。她们给彼此写信，一个星期一封，把以前可以当面聊的话题，写在了上百封信里。每次她坐在桌前，写下“亲爱的S，你好吗”时，内心都特别安宁幸福。这一次次的纸上交谈，帮助她走出了初到新城市时的孤单与寂寞。

她笃信，S是可以陪伴她一生的好朋友，不管时光如何流逝，不管距离多么遥远。

高中结束，她考上了一所北京的大学，开始了丰富多彩的大学生活。S也上了大学，只不过仍然留在小城里。她经常趁着假期回小城看S，也邀请S来北京玩儿。她劝S毕业以后来北京工作吧，北京多好啊，机会多，这座大城市里有很多有意思的人和事。S笑了笑，说自己觉得小城挺好，北京太大了。

毕业以后，她找了一份非常好的工作，在外企上班，每天忙着出差、做方案，经常加班。因为有了手机，她可以随时给S打电话，所以就没有继续写信了。S在小城里做了老师，生活安稳而平淡。每年暑假S都会来北京看她，但是她太忙了，没有太多时间陪S，慢慢地，S来的次数也就少了，但还是会经常打电话问候。

再后来，为了更高的职业追求，她选择出国读研究生，一走就是两年。打国际长途太贵，她偶尔会给S发E-mail（邮件），贴两张在伦敦的照片，说自己一切都好。国外的生活很忙碌，她一边要应付功课，一边还要打工，慢慢地，邮件也发得很少了。

转眼之间她回国已经10年了，刚回来的时候还和S见过几面，聊聊过去……也只能聊聊过去。她的职位越做越高，一年里一半的时间都在空中飞，S还在小城里做老师，有时放假出去旅游路过北京却没能和她碰上面。不知不觉，彼此已经五六年没有了音信，连电话号码都换了。

去年高中同学建了微信群，神通广大的群主找到了班里的大部分同学。她看到了S的头像，犹豫了一下，没有加对方好友，同样，S也没有加她。

这些年来，她在生活和工作中交了许多朋友，有可以把酒言欢的，有可以促膝谈心的，有在事业和生活上彼此帮衬的，也有来来去去火热一阵子就消失的……面对友情，她已经可以做到随缘，因为她早已懂得那只是人生中一段又一段的陪伴，只不过有的长些，有的短些。

三

又有 team（团队）里的小朋友来找她辞职了。

或说工作好累、赚钱太少，或说到了疲累期想出国读书……都是她已经听了很多遍的理由。她微笑着，抿了一口咖啡，淡淡地说："好的，如果你真的想好了就走吧，但是一定要做好工作交接。"然后，送给对面还有些忐忑的小同事一个微笑。面对这些她花了几年时间用心栽培，如今已能独当一面的年轻人，她连一句挽留的话也不想说。三分钟后，她脑子里飞快过着顶替职位的人选，一边拨通了人力资源部招聘主管的电话……

10 年前刚刚当上主管的她可不是这样。那时候她刚接手了一个新项目，组建了一支只有 4 个人的小团队，却要完成一个对公司来说非常重要的大项目。她"压力山大"，不仅要没日没夜地干活儿，还要同步培训团队里的年轻同事。几个同事都是新手，比她小几岁。她就像对待自己的妹妹一样，与她们一起吃饭，一起加班，一起过节，一起面对工作中所有的难题。她恨不能一夜之间把自己会的都教给她们。她们取得进步时，她激动得直流泪，当有人失恋或家里遇到困难时，她总是耐心开导，甚至动用自己的资源施以援手。她们齐心协力，完美地完成了公司交予的重要项目，团队的所有成员都得到了升职的奖励。

所以当其中一个女孩跑来跟她辞职时，她觉得太意外了。后来听说这个女孩一直在背后表达对她的不满，觉得她太挑剔，太严厉，给下属升职升得太慢，明显想一人独揽功劳，平时对下属好只是为了拉拢人心……听了这一切，她把自己关在办公室哭了整整半个小时，内心一直在自问：我到底哪里做错了？为什么真心待人会换来这样的回报？

10年过去了，每隔两三年，她都会面对前来辞职的同事。一开始她还会止不住询问原因，再苦口婆心地挽留一番，然后心灰意冷好几天。有时候她都搞不清楚自己是真的想挽留他们，还是想证明自己不是一个失败的主管。

渐渐地，她不再挽留了，因为她看到那些和她一样一直在团队里兢兢业业工作的人还有很多，他们才是她真正的伙伴。道不同不相为谋，每个人都有权利选择自己的职业发展方向。她终于明白，团队里有人离去和她是不是个好领导，是不是个好人，没有任何关系。她只要打胜仗，在合适的时间用对的人就好。一个团队就像是开往某处的火车，总会有人上车，有人下车，最终只有那些拥有共同目标的人才能耐得住漫长的旅程，到达目的地。对于只是来搭一段顺风车的人，只需挥手告别，再说一句“一路平安”。

是的，我们的心就是这样慢慢变硬的，但我想说，这也正是岁月送给我们的礼物。

她一夜长大，懂得了失去恋人不可怕，可怕的是失去了对自己的信心和希望。她更懂得了没有什么是天长地久的，一切都随时可能失去，就像随时可能到来一样。

我从未想过平衡工作与生活

如何平衡工作与生活?

这几乎是女人们讨论得最多的问题，不管是“女神”还是“女汉子”，都希望马上找到秘籍，彻底破解这个仿佛永远也解不开的难题。

记得从 18 岁翻看时尚杂志时起，这类话题就常驻各个杂志封面，古今中外女性偶像的自传里，也必定会至少用一个章节来讨论这类话题……既然如此，为什么这个问题还会困扰大家？我想，这大概就像人人都明白减肥该去健身房，该“迈开腿管住嘴”，但绝大多数人该胖的还是胖一样。原因很简单：每个人都有自己的一套，听从别人的秘诀也没用。

我其实也并不比别人聪明多少，没法承诺我的办法对你一定有效，但我还是愿意说一说对这个问题我是怎么想的。

我从未想过平衡工作与生活，因为我从来不认为人生是架天平——一边挂着工作，一边挂着生活，你要不断往两个盘子里加砝码，让它不至于太倾斜于哪一边。我觉得人生没有这么简单。

在我的心里，生命是一个不断变化、充满弹性的球体，它的核心是“自己”，是的，就是你本身。

在核心之外是 360° 的球体，由很多面向组成：你的身体、你的容貌、你的情感、你的爱好、你的精神追求、你的爱人、你的朋友、你的工作、你的孩子、你的父母……正是这一切组成了生命。它们互相关联，又各自承担，每一面都不能漏气，也不能缺失，不然生命之球就会瘪掉，甚至再也弹不起来！

而每个人的生命之球由哪些面向组成，每一面的大小尺寸如何，都只有一个人才能说了算，那就是自己。这由每个人的三观决定，并且会随着生命周期不断变化。正是这些不断变化的面向组成了我们完整的生命，我们所做的无非是把时间和精力分散到每个面向上，让它们都好好的，不要消失不见，不要让球漏气停跳。

有点儿难懂吗？其实就是这张图：

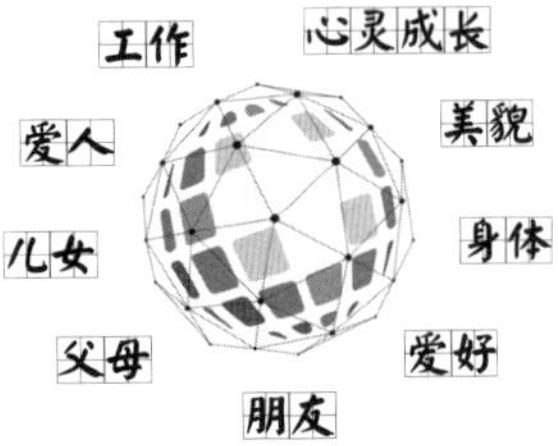

很多人又会问：可我就是不知道我的时间和精力该怎么合理地分配到每一面上啊？

不不不，亲爱的，你知道的，你一定知道。因为你生命之球上那些面向的大小是你自己决定的，你一定给你认为重要的事分配了更大的面积，愿意为此付出时间和精力。你不用在意别人的球面是怎样的，把你自己的球弄圆就好，你就能成就自己生命的弹力与圆满了。

举一个例子吧，在“身体”和“容貌”这两面之间，人们会做出不同的选择：

更注重身体的 A 君花 40 分钟跑步，20 分钟敷面膜。

更注重容貌的 B 君花 50 分钟涂涂抹抹，10 分钟踢踢腿。

差距就是这么大。没有对错，只有选择。我们每个人都会做出选择，然后承担结果。

说到这儿，还是有人会问：那我觉得每件事都很重要怎么办？我们每个人一次只能做一件事，一定要去做一个时间点里你认为最重要的具体的事。请注意，是“一个时间点”里“具体的事”。

比如你问我：是孩子重要还是工作重要？这个……我也没法替你取舍，不要拷问他人任何涉及价值观的宏大问题，这种问题几乎与具体生活无关。我们常常面对的其实是孩子发烧但是我们要出差。这个具体的问题也分多种情况：

孩子发烧	**我要出差**
①发烧到晕厥	①非常重要的差
②正常发烧感冒	②正常的差
③只有一点发烧	③可出可不出的差

当这几种情况摆在面前，你就很容易判断了吧？最糟的就是两个第一种情况同时发生，那更不可能纠结了，孩子的生命大过一切！所以，选择真的很难吗？

生命不是天平，不需要总是保持平衡。生命是自我追求的圆满，是动态变化的球体。祝你永葆活力，从不漏气，一直有力地弹跳！

没有故乡的人

我经常说自己是一个没有故乡的人，每次别人问我是哪里人，我都要解释半天，无法像大多数人一样迅速从心中升起对家乡的情感，然后干净利落地答出一个响亮的地名。

小时候我住在东北渤海湾的一座小城，但我并不是东北人。当我住进城中部队家属院的时候，才刚满三岁，从千里之外的四川追随父母而来。上学后，个头矮小、皮肤白嫩的我，在一众同学里总是会被人一眼认出来：你是南方人吧?当时我并不觉得自己脸上写着“南方人”三个字，却从小就被打上了“异乡人”的标签。

生活在北风凛冽、四季分明的北方，家门内的我却过着典型的四川人生活：我妈永远只讲四川话，到现在她已离开故乡 40 年，依旧固执地不改乡音；不分春夏秋冬，她都喜欢整天把窗户大开着通风，全然不顾这里不是潮湿温暖的南方，害得我经常在家里“喝西北风”；如果不放辣椒和花椒，妈妈就不知道该怎样炒出一盘菜，即便在物资短缺的 20 世纪 80 年代，家里也没少过腊肉、腊肠、泡菜这些亲戚们捎来的“思乡慰问品”。同学们到我家里吃饭几乎都客气地不动筷子，后来我才知道是因为饭菜太辣了，实在吃不下去。

在我妈的世界里，永远只有两个地方对她来说最有意义：生活着的小城和远方的故乡。问她哪个地方好？当然是故乡。但故乡是她的，不是我的，我并没有在那里真正生活过，我的所有情感和回忆只存在于我生活过的地方。父母那一代人对于故乡的感情异常深厚，也许是因为那个年代交通和通信都不发达，所以故乡就只能存留在记忆中，不断地被思念、被怀念、被美化，然后变成了放不下的执着。

而我，可能因为从小就生活在两种地域文化的交融中，反而觉得这样挺好，让我意识到自己的生活可以跟周围的人不太一样，也让我不会对居住的地方过于执着。我很清楚，人是可以搬走的，从一个城市搬到另一个城市，不是什么大不了的事情，也许会带来更好的生活呢?

其实在很多人眼里，年少的我生活得还不错：家庭体面，读着城里最好的重点中学；虽不是美少女但也干净顺眼，有男孩子喜欢；理科成绩虽然不好，但是文科一直都学得不错；在学校电台做过广播员也参加过合唱团，并不是郁郁寡欢的沉默少女。但是只有我知道，那时的我内心是多么绝望低沉，多么想早一点离开这个令人压抑的环境。

要知道，在那个年代的东北小城，你想要一个前程，就只有一个办法—考上大学，而考上大学也只有一个办法，就是学好数理化。只有这个，别的什么都没用。不管你的才华有多么耀眼，不管你的文字有多么动人，不管你的梦想是多么有趣……只要学不好数理化，这些统统都没有用。

在一所重点中学的重点班级，学霸成群，心里的压力大到让人无法喘息。时时刻刻被身边单一的价值观包围着，作为一个学不好数理化，满脑子胡思乱想，下雨天就爱坐在窗前写诗的文艺少女，那简直是度日如年的残酷青春。我不想活在这种巨大无形的阴影下，当时的我无论怎么努力也无法成为别人眼中优秀的学生、可以令父母骄傲的女儿、有着“光明前途”的人。

虽然我每天都在别人的否定中挣扎，每天都在自责中残喘，但我知道，我想做一个闪闪发光的人，一个有创造力的人，一个有影响力的人，虽然这对于那时的我来说，简直是痴人说梦、天方夜谭。我不曾对谁说起过我的梦想，因为没有人会相信它，包括我自己。

当我知道自己可以离开这座小城搬去北京生活时，心情仿佛一个漆黑的房间透进了光。我不知道北京这座城市究竟能带给我什么，但我知道那里一定有更广阔的天地，更多的选择，更多元的价值观，更自由的空气。虽然，我一样要考试、要升学，但北京确实让我见到了更多样化的生存方式。除了学好数理化，你还可以靠自己的魅力赢得大家欢迎；你的诗可以在《北京青年报》上发表，你也会因此得到认可与赞扬；你懂戏剧、摇滚，或是历史军事这些“无用”的东西也会被人欣赏；哪怕到了高三也是下午三四点钟就放学，之后的时间全靠自己安排；人和人的关系虽然不如小城中亲密，却有更多的自由空间……

于是，16 岁那年的夏天，我提着一个小小的行李箱，孤身一人登上了开往北京的火车。那一天，1991 年 8 月 23 日，改写了我的一生，虽然当时的我对此毫不知情。我只想立刻与过去的生活诀别，永远都不再回来。

一个小城少女突然来到了祖国的中心，偌大的北京城散发着无限的吸引力：高楼大厦霓虹灯，宽阔明亮的长安街，曾经只能在《新闻联播》里看见的天安门、故宫和长城突然近在咫尺，一切是那样熟悉，又是那样陌生。这个铺陈在我面前的新世界，让我完全把过去抛在脑后，立刻开始拥抱这座崭新的城市和无法预知的未来。

第一件让我觉察到想要融入这座城市并不简单的事，来自一个最直接的难题：口音。我很喜欢听北京人说话，觉得既风趣又标准，我的普通话说得还算不错，但东北口音就像咳嗽一样难以控制。想学北京话倒不是为了虚荣，我只是觉得要想和当地人无障碍沟通，大家说话起码要在一个音律上，不然自己会觉得特别别扭。于是在去新学校报到的前一周，我每天在家苦练北京口音，到大街上听别人说话，去买东西时，故意说着我认为的“北京话”，现在想来那口音一定特别可笑。

一周之后，我的北京话练成了，到新学校报到时，很多同学都没发现我来自东北，以为我是从北京其他学校转来的。若干年后，我只身前往伦敦求学，第一件事也是练习英式口音。语言真的是让你最快融入异乡的通道。

北京是个大熔炉，让尚且年少的我看见了更多以前未曾见过的生存方式，让我终于可以自由呼吸，没有任何心理负担地去做自己，无须在乎别人的评判。不夸张地说，坐着火车来到北京的那一夜，我塑造了一个全新的自己，把她带到了一座新的城市。我常说，我是如此幸运。

后来，我按兴趣选择了自己非常喜欢的大学专业，又按照自己的意愿出国深造，选择想从事的工作，过自己想要的生活，成为自己想成为的那种人。也许，我拥有的一切仍然构不成很多人眼里的“成功”，但这又有什么关系呢？我的生活跟别人的价值观有什么关系？人生最可怕的就是活在精神的牢笼里，早一天解脱，早一天幸福。

如今我已经在北京生活了 28 年，见证着这座城市的地铁线路从两条变成了我已经数不清楚的许多条，眼看着三环、四环、五环、六环在我的眼前慢慢建成，体验着只有国贸桥的国贸变成了高楼林立的 CBD（中央商务区），当然也体验着每平方米从五千到五万的房价。在这里我读书、恋爱、失恋、再恋爱、结婚、工作、出国、回国、生子，在这里我体验着悲伤、欢乐、烦恼、沮丧、斗志昂扬和泪流满面……

对于我来说，没有故乡的好处，就是可以把任何一个地方当成故乡。而一个人生活过的地方，不管是不是故乡都会在他身上和心中留下痕迹。这些都是生命中最珍贵的礼物，你只需带着它们继续前行，而不是戚戚然使之变成心中的负累。

对于我来说，没有故乡的好处，就是可以把任何一个地方当成故乡。而一个人生活过的地方，不管是不是故乡，都会在他身上和心中留下痕迹。这些都是生命中最珍贵的礼物，你只需带着它们继续前行，而不是戚戚然使之变成心中的负累。

别人插的刀，自己拔出来

在一次分享会上，我被问道："你看起来总是神采奕奕，难道生活中就没有什么糟心的事吗？"毕竟活了40多岁，碰到的糟心事应该不会少吧，什么背叛啊，陷害啊，诽谤啊，就算是童话里的公主也不会轻易得到幸福。

有句话说得好：只有敢于直面负能量才是真的正能量。

在众多糟心事里，最令人感到痛心和受伤的往往就是最信任的人向你的胸口插进一刀。这几乎是每个人成长中的必经之事，能幸免的人不多，甚至很多人在不同的人生阶段会多次遇到类似的事，简直让人怀疑人生。

每逢痛了又痛，心寒如冰时，我们不禁会问：

到底是哪里出了问题？难道我们当初都瞎了眼，会去信任那样一个心机深重的小人？我应不应该原谅他，要不要报复他？

多年前，我也不止一次问过自己同样的问题。

我们不是神仙，不能左右别人的思想和行为，但为了不在同一个地方跌倒两次，“怎样才能避免受伤？”“在被捅刀以后，如何迅速止血，将伤害减到最小？”这才是真正值得我们思考的问题。

说一段我和一位“闺蜜”的陈年往事，这件事让我一夜长大，开始思考对错、人性、友情的含义。

我和她的关系有点儿复杂，既是朋友，也是同事，还是上下级，但总体来说“闺蜜”的成分更多一些。

我们认识的时候都很年轻。我 25 岁，和男朋友一起经营广告公司，人生之路充满兴奋和斗志；她 23 岁，追随交往多年的男友刚从东北来到北京，经朋友介绍进入我的公司，从一个小助理开始做起。

我年轻时性格偏内向，很难与人快速亲近，所有的热情只能给予最投缘知心的朋友，一旦认定了，就会全情投入。而她正好相反，性格外向，热情，很喜欢跟人交往，也许是这种互补让我们很快熟识。

但让我们关系密切起来的，是公司的一次高层变动。两位高管另立门户，一夜之间带走了公司的半壁江山，面对更高的薪水和更好的许诺，她选择留下，和我们一起共渡难关。虽然职位不高，但她的仗义的确在精神上给了我莫大的支持，让我更加信任她、喜欢她。

从那以后，我待她如亲妹妹一般好。我们几乎每天一起吃午饭、晚饭，我几乎没有让她花过一分钱；每到周末或节假日，我和男朋友怕她孤单，会邀请她去郊区的家里一起看电影、吃饭；她失恋的时候我们带她去散心喝酒，安慰她；工作上也不断提拔她，给她更多的机会、更高的职位、更丰厚的薪水。

最难忘的一次，她得了急病住院需要动手术，我和男朋友在第一时间出现，陪她做检查，守在手术室外，并在整个住院期间每天探望，买了汤、粥送去，甚至帮她倒掉导尿管中积攒的尿液……

这一切，都是我心甘情愿的，因为感恩。作为好朋友，她也给了我很多精神上的支持和安慰，毕竟创业之路上有很多辛苦焦虑，情感上、生活上的很多苦恼也多亏有她帮我分担，在那段岁月里给了我很多陪伴。那些彼此真挚的付出，我相信是对等的。

那么，这把刀是怎么捅的呢?

现在听起来，这真的是个很老套的故事，但对于年轻的我，却是一道从未遇过的难题。

公司生意做得越来越好，我也和男朋友结了婚。结婚两年后，我选择出国读书，这无疑给我的婚姻带来了巨大的考验。谁也不能保证什么，因为世上本就没有绝对的事，特别是感情。但我愿意相信他，也愿意在分离的时光里努力维系良好的沟通和情感。不过，如果真的因此有了情感上的变故，我也会选择理解，我清醒地知道那是我必须承担的后果。

离开的第一年，我休假回到北京，她突然找我说起我老公的事："他说他喜欢上我了，想跟我在一起，我真的很苦恼。不跟你说又觉得对不起你，因为你是我最好的朋友，只是你千万不要去跟他求证……"我当时没有震惊，也并不很生气，反而安慰了她好久，让她不要为难。

就算他真有外遇，我也能够接受，只是没想到那个人会是她——我最好的朋友。虽然当时有些发蒙，但我也不能只听一面之词。这件事关系到了我的婚姻和我爱的人，我当然要搞清楚，如果真的是他移情别恋，我可以潇洒放手。

但当我从不同人口中把这一年中发生的事了解清楚，并和老公开诚布公地谈过后，我才真正感到伤心。

事实是什么呢？

事实是，我家先生听完我的转述后一头雾水，啼笑皆非，自始至终都认为我在开玩笑。他从来只当她是我的老员工和闺蜜，每次她故意与他亲近，老公都以为她是我派来监督他的……

周围的朋友和同事看到的，都是她借工作之机主动接近我老公，甚至故意做些事让大家误会，而天然迟钝的老公对此浑然不知。

简单来说，这件事并不像她跟我说的那样，恰恰相反，是她喜欢他。至于她为何如此颠倒黑白，我想应该是怕我听到传言所以先发制人。

好俗套的故事，对吧？闺蜜抢老公的事几乎每一天都在发生着。

但我并没有挑起一场人人期待的夺夫大战，我最终给了它一个 happy ending（大团圆结局）。

首先，我判定我调查到的才是真相。这是我基于对他们两人性格、对待感情的态度和价值观的了解做出的判断，更有信任的其他人给了我具体而清晰的证明。当然，也有人添油加醋，根据自己的立场夸大其词，但拨开浮云后，还是存在一个基本的事实。我所有的出发点都是基于此。

然后，我和她心平气和地畅谈了一次。我让她放心，不要再纠结和烦恼啦，我没把这件事放在心上，我家先生也对她没有企图。我还从职业规划的角度向她提议，建议她离开公司，寻求更适合她的发展道路。出于种种原因她同意了，就此割断了我们的工作关系。

最后，我也没有和她争吵、辩论、开撕，而是逐渐退出了她的世界。休假结束后我回到英国，默默删除了她的所有联络方式，她打来的电话我也再没接过，往日友谊一笔勾销。很快，我听说她结交了新的男友，自此以后，我们各自天涯，再无交集。

这件事翻篇之后，我其实还蛮少想起的，它对于我的生活也没有造成太大的影响。也许你看到这儿会问，如果你错了呢？如果她是无辜的呢？如果她说的是事实呢？

我的看法是：事实有那么重要吗？刀插进去，是我自己拔出来扔掉了。治好了伤口，继续活蹦乱跳、好好生活，别的都不重要。

还有几点要告诫天下姐妹：

- 不要把自己爱的人托付给任何闺蜜照顾，再亲也不行。
- 嫉妒心会令人失去理智，有时候仅仅是你的存在都会招来别人嫉妒，这不是你的错。
- 人性之复杂有时连我们自己都不能明白。我们无法要求他人，但至少要保护自己。
- 对于伤害你的人，不值得花宝贵的时间和精力去报复，但绝不可以姑息。同时，要立即远离，不能给他再次伤害你的机会。
- 不要被表象和表演迷惑，要看清对方的品行和价值观，特别是他对待其他朋友的态度。他怎么对待别人，也会怎样对待你。

在我与她不相往来的 10 年后，我居然在一座写字楼的大堂里与她不期而遇。我和她的距离不到两米，她没有看见我，我却清晰地看见了她的脸，并从那张脸上看到了她这 10 年的生活。我没有和她相认，而是与她擦肩而过，如同陌生人。

时尚女主编的秘密

大多数人对时尚杂志女主编的了解都是来自十几年前的那部美国电影《穿普拉达的女魔头》，我入行比这部电影在北美上映的时间早了3个月。也就是说，在向《时尚芭莎》投简历时，我并不知道在世界顶级的时尚杂志工作是什么情景。

入行之后，总有很多行外的朋友问我：在时尚杂志工作是怎样的体验？你们的主编是不是像电影里那样，经常为难编辑和助理，让你们去给她找直升机？是不是夜夜笙歌，天天喝香槟，出入奢华“大趴”，和明星喝下午茶，飞巴黎看秀？你们的办公室里是不是堆满了各大品牌送来的名包时装给你们试背试穿？是不是美女扎堆儿的地方大家都会互相拆台，宛如宫斗……

对于这些问题，我只能笑笑不说话。电影嘛，总是高于生活的。

我在这行的时间虽然不算非常久，只做了 13 年，但做了时尚集团《芭莎珠宝》的创刊主编 10 年，所以还算对时尚杂志的工作有一个大概真实的了解。这本来只是一份普通的工作，没必要写出来昭告天下。但是有一次我收到了一个剧本，说写的是时尚杂志的故事，让我帮忙看看。匆匆看完故事梗概，我差点一口老血喷在了屏幕上。我很纳闷儿，为什么有人凭着网上一些捕风捉影的八卦，和一些在大刊当过几天实习生的小编辑聊过天，就敢胡编乱造电视剧本？

所以，我觉得自己还是应该凭借这十几年来的真实体验，讲一讲时尚女主编的工作究竟是什么样的。

首先我要给大家科普一下："时尚杂志主编"到底是什么？

主编和编辑、总监、执行主编这些大家经常听说的职位有着本质上的区别。主编是一本杂志的大脑和灵魂，而团队中的其他人则是这本杂志的四肢、躯干、五脏六腑，最后才组成了一个完整的品牌，谁也离不开谁。但是，大脑是指挥一切的。在杂志的版权页上，只有主编的名字前面要清晰地标注出"Editor in Chief"。也有一些外企设有 Editor Director（编辑总监），这是"主编"另一种不同的叫法。而 Director 则指一个板块的负责人，比如时装版块总监、美容版块总监等等。

一本世界顶级杂志的主编有多重要？从某种程度上说，他决定了一本杂志一半的风格与基因，而另一半风格则是这本杂志本身带有的，比如 *VOGUE*（《时尚》）的高级感，*ELLE*（《世界时装之苑》）的法式优雅，《时尚 COSMO》的年轻性感，等等。但这些杂志在全世界都有不同版本，大家虽然要遵循杂志原始的风格，但由于主编不同，每个国家的版本多少都会呈现出不一样的气质。

当然，也不是所有的主编都能够影响一本国际杂志的风格，要做到这一点必须具备两个条件：个人的审美、价值观非常鲜明，极具个人魅力和特色；必须在该杂志的主编位置上坐过很多年，毕竟风格是靠一期一期的杂志做出来的，就像 Anna Wintour（安娜 · 温图尔）之于美国版的 *VOGUE*，晓雪之于中国版的 *ELLE*，苏芒之于中国版的《时尚芭莎》。

坊间流传着各种关于时尚女编辑的八卦，仿佛这是一群特别作，特别虚荣，特别不踏实生活的人。确实，任何行业里都有不靠谱的人，但他们最终只会昙花一现。把虚荣当梦想的人，最终只会被梦想抛弃。

不管怎么说，时尚杂志的本质还是传媒。如果你只想喝香槟、去派对、坐商务舱、坐头排看秀、过着被公关围绕的"好日子"，那么你确实入错了行，会错了意。那些事只是这份工作最表面的泡沫，以为泡沫是平地的人总会被淹得很惨。

这是一份需要用智慧和汗水去创造美好的工作，你要用正确的三观告诉读者：美是什么？怎么接近美好？虽然我们不能用一本杂志改变世界，但是我们曾经用杂志改变了人们的审美，抚慰过很多需要美的心灵，推动过产业的发展，帮助过很多有才华的年轻人，记录了时代的变迁……这才是这份工作最值得骄傲的地方，跟那些所谓的奢华享受没有一点关系。

这就是我们必须存在的意义。

做主编 10 年，很多次面临工作中的巨大压力，我也溃不成军，想要离开。记得有一次老板问我：这么多年，你最开心的是什么时候？我不假思索脱口而出：通过杂志，我们让很多默默无闻的珠宝设计师被大家看到、认可，进而获得成功，这带给了我非常大的幸福感。曾经有位非常年轻的设计师对我说："我 15 岁开始看《芭莎珠宝》，那时就下决心要做一名优秀的设计师，登上这本最好的珠宝杂志。"

当然，我们还帮助过很多品牌、消费者、匠人、珠宝专业的学生……是帮助别人，让我觉得最开心，让我觉得有价值。我想，这么多年，付出了巨大的体力，我唯一感到安慰的是这本杂志和我曾经帮助过很多很多的人，也从侧面推动了珠宝这个行业在中国的发展，这才是我作为一位主编真正的价值所在吧。

曾经有一天晚上，一个好朋友路过公司来看望加班的我。当他看到脱下高跟鞋，在成堆的稿子里埋头工作的我时，非常惊讶。他问我：这些稿子你也要亲自看吗？我也很惊讶：难道你以为主编只需要美美地参加活动吗？这些稿子从第一次交稿到最后印刷，我几乎是要看上七八遍的，每一个字都要看。

这当然是一位主编最基本的日常工作。在传媒时代，主编要做的远远不止是这些了。现在的主编更像是一个"产品经理”，要决策出产什么样的内容，让它通过更多的渠道被人看见，要把我们的读者变成真正的用户，决定带给他们什么样的体验。我们还要思考，怎么把产业链里各个层面的资源连接起来，产生更多的合作，给予这个行业中的品牌、设计师、匠人们更多更实际的帮助。

我们的杂志从10年前开始就为爱珠宝的读者定期组织了很多的线下珠宝鉴赏会、珠宝知识课堂；也尝试在杂志的公众号上开设珠宝买手店，为读者们介绍买得起的好设计；更打造了中国唯一一场高级珠宝颁奖礼，让更多的人了解到高级珠宝的魅力与价值；前年开始举办专门为年轻珠宝设计师打造的沙龙式珠宝精品展……现在要做的就更多，合作的平台和联盟已经拓展到更多的领域，早已突破了一期杂志两三百页的内容。

写着写着好像在为杂志做广告了，其实我是想说，真正的主编是需要有历史责任感的，要有企业家精神，真正像经营一个超级品牌一样经营杂志的品牌和内容，与大家想象中名利场上裙角飞扬、职场中互撕大战的样子相去甚远。主编们只是时尚传媒业中的管理者，需要具备专业素质、职业精神，以及掌控全局决胜未来的能力。

也有很多人问我，为什么还不离开这个看起来已经日薄西山，失去了话语权的行业，去寻找一个更有前途的未来？是没有勇气，还是没有能力？

勇气和能力，在我看来并不是问题，努力找一找总还是有的。我当然不会做一辈子主编， 然而去做与时尚或珠宝相关的生意，却并不是我真正的追求。也许有一天，我会找到愿意为之付出的、更有价值和意义的事，那才是我真正要离开这个职位的时候。这一天也许很快就会到来，也许还要等很久。人生的事，谁说得准呢？

“时尚杂志主编”并不神秘，也不是装腔作势的、能拿出去炫耀的 title（头衔），它只是一份传递美好的工作。

我喜欢这句话：think something bigger than you（想一想比你更重要的事），这也是我在 13 年的时尚杂志工作中一直践行的理念。放下私心，才能真正做到天地宽广。

记得有一次老板问我：这么多年，你最开心的是什么时候？我不假思索脱口而出：通过杂志，我们让很多默默无闻的珠宝设计师被大家看到、认可，进而获得成功，这带给了我非常大的幸福感。

再亲密的关系也要有边界

我们形容两个人关系特别好时，不管他们是同性还是异性，家人还是朋友，都会使用一个词——“亲密无间”。间，就是缝隙。这个词是说两个人的关系非常亲密，几乎到了没有缝隙的程度。而科学家告诉我们，这世上没有哪两个物体间是完全没有缝隙的，物体和物体之间会永远接近“无间”，却不可能没有任何缝隙和距离。

不管是从文学还是科学的角度看，“亲密无间”都只能是种浪漫的愿景，在人和人之间不会存在，也确实不应该存在。任何两个人之间都需要适当的缝隙或距离，关系如果没有了边界，那就是一场灾难，会让人窒息而死。

每个人都是独立而孤独的个体，也因此需要在亲密关系中寻找依赖、陪伴，亲情、友情、爱情，可以帮每个人减少孤单，在情感和心理上获得慰藉。但为什么我们在一段亲密关系中还会有受伤、厌倦、想要逃脱的感受？是边界出了问题。有时候人们在相处中出现了矛盾和不适，是因为对关系中“边界”的认知标准不同，又或者是对“关系”本身的认知不同，而错置了边界。

我的孩童时期正值 20 世纪 80 年代初期，那时的孩子们都是自由自在、野蛮生长的。放了学大家就聚在一起，玩得一身土、一身泥是常有的事。渴了就对着自来水龙头喝凉水，生活没那么讲究，彼此却很亲近。我并不是一个有洁癖的孩子，也很愿意和小伙伴们分享东西，包括食品、文具、玩具等。

但有一次，我带了一瓶汽水，那个年代汽水是很稀罕的东西。我刚喝了一口，一个好朋友就冲过来对我说："给我喝点儿行吗？"我说："好呀，你去找个杯子，我给你倒点儿。"她很惊讶地对我说："你就直接给我喝一口呗，难道还嫌弃我吗？还是你舍不得？"

我呆住了，但还是坚定地拒绝与她共饮一瓶汽水。在她憎恨的眼神中，我失去了小孩子之间脆弱的友情。不是我舍不得汽水，只是在我心中，无论多么亲密的朋友都不能在一个小小的瓶口上交换唾液，除非是在沙漠中快要渴死了。

这是我心中人和人关系的边界，就像不能与人共用牙刷一样，这并不只是卫生问题。而在当时那个好朋友心中，同喝一瓶汽水却是再普通不过的事。

生活中会遇到一些尴尬的情景，是双方对彼此关系认知错位导致的。有的人在你看来只是普通朋友，对方却不拿你当外人，常会开口要求你去帮他做些事，虽然也不是什么大不了的事，但在你看来，只有对待特别好的朋友，你才愿意如此付出时间和精力。

比如在没有网约车的年代，会有交情不太深的朋友打电话给我：“我过两天来北京玩儿，你来机场接我一趟呗，反正你有车也方便。”

是的，我是有车，但我真的——不方便！在我看来，去机场接送他人是一种情感的表达，如果是真正的朋友，别说跑一趟机场、火车站，即便让我坐飞机去他的城市接他都行。但我不是出租车司机，不是有车就什么人都可以去接，我的时间太宝贵，不能做免费司机。这些人的行为，就是完全搞不清楚关系边界的典型表现。

而更为典型的案例往往发生在情侣之间。情侣关系几乎是一个人在成年之后所建立的最亲密的一种关系，特别是在热恋期，两人真的不分你我。然而，关系越近就越容易在边界问题上产生矛盾。

特别是很多女孩，认为两个人既然相爱，就应该百分之百地坦诚，彼此完全没有秘密。但是每个人都需要有自己的空间，这不仅指外在状态，还包括内在心理，如果失去了这些空间，人是会窒息的。

所以，即便生活在同一屋檐下，我们仍需要有自己发呆的时间，而不是时刻被逼问：你在想什么呢？你为什么不说话？我们仍然不想给他人看手机里的信息，即便手机里根本没有什么秘密。和朋友聚会，我们就是想只身前往，跟闺蜜或哥们儿聊会儿闲天，不想总被电话追问什么时候回家……

这不是坦诚与否的问题，也不是爱得深浅的问题，而是关乎人与人之间的边界意识。如果在一段关系里，大家都能对边界默契地达成共识，这就会是一段让你非常舒服，绝对不愿意轻易离开或放手的关系。

每个人都需要有自己的空间，这不仅指外在状态，还包括内在心理，如果失去了这些空间，人是会窒息的。

所以，即便生活在同一屋檐下，我们仍需要有自己发呆的时间，而不是时刻被逼问：你在想什么呢？你为什么不说话？

无论何时都不要顾影自怜

每个人都会有很多艰难的时刻，每个人。

虽然大家对艰难的定义不同，能够承受的程度不同，但是对痛苦的体验其实并没有不同。

我们经常会听到上一辈的人说：你们现在太幸福了，都没有受过什么苦。这当然不是真的。或许对上一辈的人来说吃不上饭是苦，看别人吃白面自己吃窝头是苦，而对今天的很多年轻人来说，没有钱是苦，看别人开奔驰自己挤地铁是苦。但痛苦的感受是一样的。

以前我们常说，吃得苦中苦，方为人上人；后来我们知道，就算吃了苦中苦，也不一定会成为人上人。但是，以什么样的心态和情绪面对那些艰难时刻，或者是生活中经历的苦难，要比讨论苦难本身有价值得多。

我觉得自己活到这么大，其实并没有体验过特别艰难的时刻。有些事回想起来觉得自己当时挺不容易，但是为什么很少有熬不过去的感觉？也许就是因为我有一颗不那么细腻的心，以及容易让自己想得开的粗放神经，更有可能是我心中总还揣着比眼前的困难更大的事，于是所有的坎儿迈起来就没有那么不易。

16 岁时初来北京，我还没有真正的家。爸爸自己还住在集体宿舍，只好在他的办公室搭了一张行军床。我每天独自在他的办公室里写作业、洗漱、吃从食堂打来的饭、努力适应着跟从前完全不一样的生活……可是为什么我不觉得伤感？因为我来到了北京啊。这种极大的兴奋感可以抵消生活中所有的小悲伤。更何况，没有了爸妈每天在身边监督，我可以自由地给喜欢的男孩写信，读我喜欢的书，这种自由的愉悦完全可以化解一切乡愁。

不要盯着眼前的小伤感，找些让自己快乐的事去做，在艰难的时候找到歌唱的理由，是那些独自一人的日子里我学到的人生一课。

十几年前创业，下班时见到凌晨 3 点的北京是很平常的事。一年 365 天，休息的时间加起来大概也只有 5 天。每天为房租水电工资人事，以及下一个客户在哪里而担心，过得如履薄冰。在如今的创业大潮里，这种心情应该有很多人体验过吧？

很难吗？真的很难，觉得不知道哪天公司就会关门大吉，但如果真的陷在这份焦虑里，公司或许就真的死在那个时候了。专注解决问题，才是面对焦虑最有效的解药。遇到一个看似渺茫的机会，就要用绝对的专注力去争取，忘记公司的危难，忘记下个月就要发不出来的工资，忘记有多少竞争者要跟你决战。把所有的精力、智力、体力都拿出来想方案，将所有的子弹都集中在做出优秀方案这一件事上。历经几个月，干掉一轮又一轮的竞争者，我们终于在公司倒闭的边缘拿下了一个关键的客户。自此之后的10年中，公司在行业领域做到了全国前列。

最难的时候不要过度关注焦虑，唯一需要做的就是去解决问题，寻找机会，全力以赴去赢得机会。这是二十几岁的我在创业路上学到的另一课。

当年我下决心去英国留学，告别了老公，结束了在北京住大房子、开车上下班、四处吃美食的日子。一下飞机就住进了伦敦北6区，每天步行、转公交车再转地铁花4个小时去市中心上课，相当于住在北京昌平，每天往返王府井；和别人合租一间10平方米左右的房间，房东不允许在厨房做饭，每天只能吃三明治或者难以下咽的速食；当然还要经历相思之痛……这种苦，源于反差，但对于当时的我来说，这些事几乎连“苦”都算不上，因为，这是我选的路，我知道自己为什么要来这里，为什么要经历这些。这是通往我梦想的路，再不易也是发光的，有了光就有了一切，那些生活里的苦也就像尘埃一样不值一提。

人有了目标和理想，对艰难的忍受程度是可以大幅提升的，这是这段生活中我最大的体会。

曾经看到过一段话，出自一位女性，她细数了很多生活中的艰难，例如父母生病，工作不如意，家里经济出了问题，感情也亮了红灯……但最后她说：这一切和生孩子的痛苦比起来，什么都不是，所以我知道我能扛过去。这是她的解决之道：体会她认为最痛苦的，别的痛苦就都显得无足轻重了。不管用什么办法，只要有你自己面对痛苦和艰难的秘密武器就好。

唯一不要做的，就是陷在痛苦里可怜自己，那只会让痛苦虚妄无限加倍，不仅于事无补，还会给自己带来更大的二次伤害。既然无法躲避生活中突如其来的痛苦，就请学会找到对付它的办法，无论那是什么，只要对你有效就好。

当然，我还是希望生活的路上能少一些艰难困苦，愿我们永远都可以做身怀绝技却无须施展的人。

不要盯着眼前的小伤感，找些让自己快乐的事去做，在艰难的时候找到歌唱的理由，是那些独自一人的日子里我学到的人生一课。

最难的时候不要过度关注焦虑，唯一需要做的就是去解决问题，寻找机会，全力以赴去赢得机会。这是二十几岁的我在创业路上学到的另一课。

很多事情与努力无关

从小到大，谁都曾羡慕过别人，因为我们周围永远有人或者成功，或者有趣，或者漂亮美好，或者擅长于某件事……他们总会被人羡慕不已。

你总会不自觉地想：我为什么不能像他们那样？我要是也能那样该多好！看到有人搬到山里隐居，你说这才是真正的人生啊；看到有人公司上市，你觉得拥有大笔的财富和成就感真让人羡慕；看到有人为了孩子放弃事业，你觉得回家陪伴孩子才是正途；有人说虚度时光才是人生本意，也有人说不奋斗的人生不值得过……

每一篇被精心加工过的公众号文章你都觉得好像很有道理。人心总是向好的，外在都想拥有更好的生活、更大的能力，想变成理想中那个更美好的自己；内在都想变得更喜乐、更强大，可以应对生活中随时到来的无常。

许多事是可以通过努力达成的，只要不断练习，假以时日都会有所改善，朝着你希望的方向发展。然而也有很多事与努力无关，因为它们本就没有好坏之分。比如性格，内向有内向的好处，通常不喜言谈的人，内心更加丰盈，喜欢深入思考，善于谋略；外向也有外向的好处，更容易与人沟通，可以直接通过沟通达成目标。

这是天性，需要我们认知、接纳，并在这种上天赋予的特质中怡然自得。

都说要活成“最好的自己”，但不管是从哲学层面还是心理学层面，真正认知自我都是个非常艰难的过程，有人终其一生都未能做到。这需要不断地觉察、认知、接受、精进，最后才能清楚地明白自己到底是怎样的，哪些才是我们的本心，到底在什么情况下才能获得真正的身心愉悦……要想真正了解这一切需要花费很长的时间，那个你曾经以为很了解的“自己”，也许根本就经不起稍微深入的拷问。

记得看过张艺谋的一个采访，他已年近七十，外表虽然一如既往地沧桑，但整个人看上去仍然神采奕奕，充满了创造力。谈话中他一直在强调一件事——我要认清我自己，认清我是个什么样的人。

在世人眼中，他算是一个非常成功也很有才华的人，然而他却清晰地知道自己并不是那种天才导演，只是一个很“拙”的人，一切成就都要靠笨功夫。在他眼里，王家卫才是真正的天才型导演，可以拍出风格自成一体的电影。张艺谋说他永远也做不到，但他愿意不停尝试，不停创作，认知自己的能与不能，认知自己真正的愉悦感到底来自什么。能够真实地面对自己，才能真实地面对自己作品中的好与不好，真正心平气和地去面对世人的评论。

他知道，自己不可能变成王家卫，只能是张艺谋，是非常有成就的张艺谋，也是会做出错误决定、会因为心怀杂念而拍出既没有票房又没有口碑的电影的张艺谋。他之所以还在继续探索，继续拍电影，是因为他清楚地知道：他最大的乐趣在于创作本身，是沉浸在创作中的投入感成就了他，而不是其他东西。

谁也不愿意听到非议和批评，大多数情况下，人们听到批评会有两种反应：一种是直接“怼”回去，从心底里不肯接受别人的质疑；另一种是完全不理会，将它们完全屏蔽，仿佛在面前立起了一堵墙，挡住一切负面的意见。后一种反应表面上看是对自我的保护，但背后隐藏着的，其实是不愿面对自我的一种逃避，因为撕开自己的内心实在是太痛苦的事。但你要直面自己心灵深处的不美好，直面每个人都有的善与恶。

不管多痛苦，清楚地认知自己都是必需的事。

清楚自己是什么样的人，有哪些必须被保护和释放的天性，哪些“缺陷”需要真诚地接受，因为它们也是真实自我的一部分。

不看到，就没有办法接受；不接受，就只能一味地屏蔽，这是一种“堵”，而不是“疏通”。我们都知道，面对洪流，疏通才是唯一的办法，不然就将迎来一场灭顶之灾。

这几年大家经常说“人设”，其实“人设”就是一个设计出来的公众形象，正因为是设计的，所以时不时就会发生“人设崩塌”。人的幸福最终都来自“忠于自己”，而想真正忠于自己，成为你心目中想要成为的样子，是需要付出艰苦努力的。做自己，绝不是简单地说我想说、做我想做，不管他人和外部环境，而是真正明白什么才是完整的你，什么才是你从心底里真正认同的存在的意义，什么才是你最大愉悦的源泉。

这一生唯一值得我们努力的，就是成为想要的自己。道路漫长，我们一起努力。

不管多痛苦，清楚地认知自己都是必需的事。

清楚自己是什么样的人，有哪些必须被保护和释放的天性，哪些“缺陷”需要真诚地接受，因为它们也是真实自我的一部分。

不看到，就没有办法接受；不接受，就只能一味地屏蔽，这是一种“堵”，而不是“疏通”。我们都知道，面对洪流，疏通才是唯一的办法，不然就将迎来一场灭顶之灾。

换个跑道你能否变成第一

每到年底，我最害怕的就是哪个员工走进我的办公室，随手关上门，或严肃或神秘或小心翼翼地对我说：您有时间吗？我想跟您说点儿事。

前些年，我一听到这句话脑子就嗡嗡作响，因为他们十有八九都是来找我辞职的。年底真是离职的高峰期。最近这些年我已经没那么在意了，也许是内心变得更强大了，也许是成长之后能够更理智地看待这件事了。

从精神角度讲，一年结束的时候几乎每个人都会回望总结，做出一些决定、一些改变；从物质角度讲，年终奖已经落定，如有别家给出了更好的条件，大好机会就一定要牢牢把握。

从大学毕业到现在，我也在职场上度过了 20 多个春秋，见过工作越换越好，终成大器的，也见过路越走越窄，虚度年华的，有时真的有种“活久见”的感觉。人生最后能到达一个怎样的终点，有时选择要大于努力。

换条跑道再出发，当然是为了赢得最终的比赛，但究竟要不要换跑道，换到哪条跑道才对自己最有利，这的确是需要认真思考才能判断的。通常来看，只为加一点儿薪水就做出的冲动决定，往往很少是正确的。

首先要找到通往目标的路。

选定目标，是一种很好的思考方式。你先要知道自己想去哪里，才能决定该选择哪条路，不是吗？看看目前的工作是不是通往你目标的路。

有的时候通往目标的不一定只有一条路，有远路也有近路，有直路也有弯路。有的路近些，但是很难走，要翻越很多的山坡，经历很多的困难，然而一旦挺过了最难的阶段，反而会比别人更快到达终点。只是，很多人会被面前的山峰挡住，误以为这条路走不下去了。

我认识一位小朋友，去国外学了服装设计，回国后最大的理想是做明星的造型师。可是作为菜鸟，不会有谁聘请她。于是我建议她走一条很苦但是绝对能更快实现理想的路：我将她介绍到一本时尚杂志做时装实习助理，在全中国最好的杂志里，跟最棒的时装编辑一起工作，第一天就接触第一线的时尚资源，打扮第一线的明星。工作虽然非常辛苦，也没有薪水可拿，但是没有多久，她就可以独自给明星做造型了。这条路不能让她一开始就成为造型师，需要从填快递单、借道具、贴发票这些看似没有意义的琐事做起，却远比她自己一点点摸索要快得多。

当成为正式编辑的机会摆在面前时，这个姑娘却没有选择实习生们梦寐以求的职位，因为她知道自己的终点不是这里。几年以后，她如愿以偿，成了一名出色的明星造型师。

最可惜的就是你误判了自己的路，明明翻过山丘就能抵达目标，却觉得被山挡住了去路，放弃了尝试。

找到真正喜欢并擅长的事是最重要的。

如果找不到这样的事情，迅速转换跑道绝对是一个明智之举。我一向很支持有着清醒意识的辞职者，这条真理也是我自己多年实践出来的。

喜欢当然很重要，这一点我一直在强调，因为喜欢你才愿意付出，才愿意坚持，最终勤能补拙。我见过太多这样的人，他们并不是最有才华的，却对自己选择的职业非常执着，所以总是付出比别人更多的时间和心血，成为同一批入职员工里的佼佼者。而有些看似很有才华的人，并不是真的热爱这份工作，只是为了一份虚荣心或是为了给履历贴金而来，于是不仅工作成果经不起推敲，也不愿意为工作受一点儿的委屈劳累。这样的人常换工作，也并没有什么清晰的职业规划。

擅长也非常重要，它决定着你前进的速度和最后到达的高度。

刘翔小时候进体校并不是学跨栏，而是被教练选去练跳远的。后来有个教练发现他的身体条件更适合跨栏，于是让他换了跑道。如果没有这位发现了他长处的教练，刘翔可能顶多是个优秀的跳远运动员，永远不可能成为世界冠军。

规划职业时还要保持理智，不被情感绑架。

这一点其实很难做到。很多时候，我们即便知道这份工作不适合自己，或是身处的公司、行业已经不再具备发展前途，却总是因为各种情感和现实的顾虑而不愿转换跑道。这时候要跳出来问问自己：如果你不是这家公司的员工，现在有机会进入公司，你愿不愿意来？此时你给出的答案，才是理智的答案。

山高路远，在职场的跑道上，愿你得到心中的第一名。

找到真正喜欢并擅长的事是最重要的。如果找不到这样的事情，迅速转换跑道绝对是一个明智之举。我一向很支持有着清醒意识的辞职者，这条真理也是我自己多年实践出来的。

2 老派但现代的爱情

幸福的秘诀不是年薪百万，而是好好说话

有人说，再幸福的婚姻，都会经历 100 次想离婚的冲动。其实这 100 次的冲动没有一次是因为什么不得了的大事，生活里的大事不是每天都会发生，大多数都是些鸡毛蒜皮、不值一提的小事。毕竟，如果真是触及底线的大事，也不会只停留在冲动上，大概婚姻早已分崩离析、无可挽回了。

那么，微不足道的小小不满，又是怎么上升到了疾风骤雨般的争吵？那些你来我往的一句又一句话，像一把把尖利的小刀子，在短兵相接中啪啪作响，一不留神，总会有人受伤。虽说这些轻微的小伤口大多很快就可以痊愈，但时间久了，真的在心里留下疤痕就不好处理了。

当然，好好说话，并不是一件容易的事，值得我们终生

学习、练习、修行。

再亲密的人，也是别人

周一的办公室里，大家都很忙碌。电话、微信、邮件不断，还有开不完的会。但如果这时你听到有人冲着电话那头不耐烦地应付，甚至将声音提高了八度争吵，他八成是在跟家人说话。若是与客户和合作伙伴沟通，可没人敢这样。

真的是家人说了什么特别让人生气的话吗？其实也未必。只是我们工作繁忙，本来就少了份心平气和，电话响起的瞬间，心里就已经有了会被打扰的预设，所以特别容易急躁起来。潜在心理其实就是——欺负人。

因为知道对方是我们最亲近的人，知道就算我们态度不好他们也不会拿我们怎么样。我对客户态度不好，生意就没了；我对同事态度不好，办公室的人缘就变差了；我对助理态度不好都怕她甩手不干向我辞职……而家人呢，总不会因为我态度不好就不认我这个女儿，就不要我这个老婆吧？当然我清楚地知道这样不好，每次跟我妈发完脾气，我都会掐着大腿对自己说：下次不能这样了。可下次几句话不合，我的火儿还是会蹿上来。说白了，就因为我觉得对方是自己最亲的人，所以才会肆无忌惮。

但是，再亲的人也是别人，无论是父母还是兄弟姐妹，更别说长大成人之后才生活在一起的另一半了。人与人之间是不可以没有分寸感的，无论对方是谁。我们总以为最亲的人可以包容，可以不与我们计较，但恶劣的态度和言语能真正伤害的，只有最在乎我们的人。

以前我工作的时候，接到家里的电话也很不耐烦，总是说不了两三句就烦躁地挂掉，工作同样繁忙的老公更是如此。有一次，我无意中听到了父母的谈话。他们因为一件事想寻求我们的帮助，可两个老人却谁也不愿意打这个电话，因为怕我们上班时间接到电话会生气……

什么时候我们变成了家里趾高气扬的人，让父母连打个电话都战战兢兢？这是我们想要的家庭关系吗？虽然父母、爱人是我们生命中最重要的人，可往往我们在他们身上花费的时间却最少。其实，只需要改变一次说话的语气，只需要拿出对外人一半的客气，他们都会非常满足。那为什么不呢？说话之前，等待三秒，出口的话就会柔和很多。

说话是为了沟通，不是为了输赢

一个朋友曾将他们夫妻因为两根黄瓜差点儿离婚的故事当笑话讲给我听。

有一天中午天气特别热，朋友想吃凉拌黄瓜，就买了两根黄瓜回家。她心情愉快地在厨房洗黄瓜，老公凑过来说：“你怎么又买黄瓜啊？冰箱里有昨天买的西红柿，还有好多别的菜。”

“可是我今天就想吃黄瓜。”

“你这样不对，要吃掉先买的菜，不然菜会放坏，这不是浪费吗？”

“我不差钱，今天不想吃那些。”

“你这样的习惯可不好，为什么买来的菜不吃，又去买新的？”

几轮交战后：

"我嫁给你连黄瓜都不让吃，离婚算啦！"

朋友气得把黄瓜扔下，夺门而出……

类似的小事每天都会在很多家庭中上演，我们看别人的故事觉得可笑，可发生在自己身上的事往往更加荒唐。有时候吵完架，我们会问自己：这点儿小事有什么可争的呢？可当时就觉得这是原则问题，一定要争出是非曲直，理论出输赢。结果往往是赢了争辩，却输了感情。

在家里说话是为了沟通，告诉对方自己的想法，并不一定是要说服谁。让他赢一次又怎样呢？如果不是原则问题就不一定非要听谁的，各自舒服地生活不好吗？如果是原则问题呢？夫妻只要感情好，哪有什么原则问题？

不翻旧账，不翻旧账，不翻旧账

女人在吵架的时候都是哲学家，一件小事就能上升到理论高度，做出定性的结论："你这人一向如此！"为了佐证自己的结论，还会立即启动大脑硬盘，变身回忆录作家，细数陈年旧账，每个细节都清清楚楚掷地有声，到头来已经忘了是因为什么在吵架。

翻旧账是沟通的大忌。人都怕丢脸，不管是在谁面前，而翻旧账就是让对方在你面前一遍遍失去尊严。字字如刀，刀刀命中，然后呢？只能让对方更加难堪，什么用也没有，什么问题也没解决。

就事论事，对如此亲密的两个人来说却是最难的，因为你总会在对方身上投入太多的情感，拥有太多的期待。一旦这种期待没能达成，心中的委屈就很容易喷涌而出。克制一下，不论从前，只谈当下这个时间、这个事件，这样即便是争论起来也能把伤害降到最低。

该说话时请说话，沉默是最大的伤害

其实，家人之间最糟糕的局面不是争吵，争吵至少还能交流，只是方式比较极端；最可怕的是沉默，是不说。

沉默其实是非常冷酷的，它可以被解读为：

我不再想跟你说话了。

我烦了。

我不在乎了。

只要表达，就永远比不表达好得多。很多时候女人的沉默是生闷气，潜台词是："这还用我说吗？你应该明白。"但是亲爱的，你真的需要说，不说没人会懂。生闷气只能气死自己，对沟通和解决问题没有任何帮助。过分的公主心真的不利用于任何一种关系发展，尤其是在家人之间。生活是实实在在舒心地过日子，没人喜欢每天玩猜谜游戏。

而男人的沉默很多时候是烦了，或者是说不过女人只能选择逃避。我老公不是个伶牙俐齿的人，经常在“讨论问题”时说不过我，我一句话出去，他就沉默许久不说话。我好像一拳打在棉花上，于是更加生气。事后我问他为什么不说话，是不是在成心气我？他很委屈地说：“我就是说不过你，找不到合适的词，所以只能暂时缓缓。”好吧，后来我们约法三章，他下次想缓缓的时候也要事先沟通，可以跟我说“我想冷静一下”，或者“我现在不想讨论这个问题，我们一会儿再说”。绝对不可以像一座冰山一样沉默。

好好说话，从我做起，从对你身边最亲近的人做起。好好说话，婚姻幸福，天下太平。

好好说话，从我做起，从对你身边最亲近的人做起。

婚姻是场华丽的冒险

我和我家先生认识 19 年，结婚 18 年，相处这么多年，主旋律还是相当幸福的。

我们曾共同经营公司并在事业最低潮共渡难关，结婚两年后我独自出国留学，之后进入高端时尚媒体工作，升职为主编，变成工作狂，繁忙之余生了一双儿女……

如今我们不仅没有相看两生厌，还有了渐入佳境的趋势，说实话，这让我自己都很惊讶。虽然我们也算不上完美夫妻的典范，但为了能过好下一个或是接下来许多个 18 年，我还是认真想了想婚姻里那些有意思的事，这些年我们做对了什么才能拥有今天？

挚友夫妻密不可分

两个人从恋爱到结婚，变成了没有血缘关系却彼此最亲近的人，共度的时间甚至比和父母儿女的还要长。这种亲密关系往往是依靠互相爱慕、互相陪伴、财务共有等等方式建立起来的。

但是，在所有关联中，一定要有“挚友”这个基本关系打底，这才是保证夫妻双方不离婚的关键。它就像是一座房屋的地基，房会不会倒，取决于地基牢不牢。

为什么“挚友”关系如此重要？因为无论多么靓丽的外表看久了都会腻，但友谊却可以常青。每个人都渴望被倾听、被了解，每个人心中都有对完美知己的想象。如果外界的诱惑只是新鲜的脸和年轻的身体，假以时日都会审美疲劳，很难地动山摇。但如果那诱惑里还有一份了解和知心，那么不管对方是不是年轻漂亮，都一样会让人奋不顾身地追寻。没听过那句“士为知己者死”吗?

有事说事不要乱吵架

怎样才能按捺住吵架的怒火？这的确很难，我现在也不能完全做到，但已基本告别了乱吵架生大气的状态。遇到争执时，先放下当时的情绪，去想最本质的问题，那么一切难题几乎都会会迎刃而解，你会发现吵架实在是不值得。

记得读书时我回国休假，返回英国前的最后一晚我与老公约好共进晚餐。结果，我自己在餐厅点了菜、吃了饭、结了账，本应坐在对面的老公却一直都没有出现。其间我几次打电话催促，他总是说：“一会儿，一会儿就来。”

但三个小时过去了他也没有露面。我多么想和他爆吵一顿啊！可是，吵架对于这个已经过去了的倒霉夜晚毫无意义。

后来我与他这样沟通：我跟你吃饭，是想度过一个愉快的夜晚。如果你不能来，可以直接告诉我，我可以去跟别人吃饭，同样可以收获一个愉快的夜晚。你来不了又不直说，结果就是我吃了一顿孤单又生气的饭，而你度过了一个战战兢兢的夜晚。你觉得这样划算吗?

后来这样的情况几乎再没发生过。就事论事，达成共识是最简单的相处方式，而大吵大闹、上纲上线只会让对方的愧疚感一扫而光，让你更加生气大动肝火，别无他用。

不要妄想改造别人

每个人都想嫁给自己喜欢的人，然后把他改造成完美的人，这是结婚初期最容易犯的错。如果你还是忍不住想去改造，请先把自己改造成完美的那一个，不然，就抛开妄想，开开心心地接受现实吧。他是你心甘情愿选择的，没有退换的道理。

请永远保持仰慕的目光

爱情最美好的一点，就是你突然收到了来自另一个人百分之百的肯定。即便是一个平凡的路人甲，也会成为对方眼中的男神或女神，这种感觉实在是太美好了。收获史无前例的存在感，的确会让人变得面目可爱，所以想要拥有一个美好的爱人，请一定不要收回你仰慕的目光。

可是彼此已经太熟悉，无法仰慕了怎么办？还是要回想他当时的美好，不断告诉他，你眼中的他是多么伟岸，“谎言”说上一千遍就会成真哦……他会不自觉去保持那个美好形象的。

夫妻关系大于亲子关系

千万不要认为生了孩子就稳固了夫妻关系，这两者真的不成因果。反而很多家庭将过多注意力放到孩子身上，导致夫妻间交流变少、感情疏离。

生孩子会为我们的人生带来喜悦和成长，但绝不是全部的情感依托。孩子的人生终归是他自己的，而和你一直相依到老的其实还是枕边人，这一点千万不要本末倒置。而且疏离的夫妻关系对于孩子的成长百害而无一利，所以，一连好几年和孩子同睡一个房间的妈妈快让孩子回到自己的世界里去吧。

平衡的才是长久的

良性的家庭关系一定有一种动态的平衡，就是两个人各方面都能达到彼此所需，彼此依附，彼此制约，而不能一方强一方弱。这跟女人是否工作、是否独立没有关系，每一个家庭都有维持其平衡的办法，各不相同，但正是夫妻双方价值的不断交换和转换打造了这种平衡：要么你贡献时间，要么你贡献金钱，要么你贡献关爱，要么你贡献体力……这些交换不能被外人随便衡量，只要夫妻双方知道它们是平衡的，并知道怎样保持就足够了。所以“你负责赚钱养家，我负责貌美如花”有时也真的能造就稳固甜蜜的婚姻。

亲密交流不能停

中国很多夫妻婚后三年“滚床单”的频率已低到令人发指了，但性生活其实很重要。

也许很多夫妻做到了上面几点，这一点却不一定能做到。虽然我认为夫妻必须是挚友，但也不能仅仅剩下友谊。如何“滚好床单”，还真是一个课题。我的看法是：办法总比问题多，很多时候不是“能不能”，而是看你“想不想”。

祝结了婚的永远花好月圆，未结婚的未雨绸缪，共赴幸福。

所谓恩爱，就是有恩有爱

谁的日子都不像画儿上那么美，像童话故事里那样幸福圆满，不会一路按照你心里的想法发展。

要想过得顺心、过得美好，鸡汤鸡血其实都派不上什么用场。用心用脑，灵活思考绝不仅仅要用在学习和工作上，好生活不是天上掉下来的，是自己一砖一瓦，一言一语，一心一意打造出来的。

无论遇见什么事，你怎么想，会导致你怎么做，获得怎样的结果。人的一生总会有些“悔不当初”，悔的常常是当时看不清、想不明的愚蠢执念。而当初你是否会遇见那个人，遇见糟心的事，都不由你控制，能控制的只有你怎么想、怎么去处理。

适逢年尾，周围好几个朋友婚姻动荡，感情飘摇，不知是我们的年纪已经大到对感情疲倦，还是这个自由包容的时代给了每个人更多的机会和选择，总之，分手和离婚如今已经像搬家一样常见，如果你对此表现出惊讶，反而会让人觉得你像个古代人。

首先说明，我对离婚没有任何偏见，有时我甚至认为，婚姻制度实在是违背人性的枷锁，好在可以由离婚这把钥匙解开，一别两宽各生欢喜，没什么不好。

常常听人说如何维系婚姻，我觉得一段婚姻如果只能“维系”，那也真是没有存在的必要了。毕竟人生苦短，为什么要强忍着过自己不想要的生活？谁也不是为了别人来到这个世上的，不应该为了别人舒心而让自己受罪。

婚姻里，最重要的当然还是两情相悦，没有这个，什么“维系婚姻的技巧”都是瞎扯。当然，还有一些婚姻完全是由金钱、名誉甚至政治目的维系的，那种生活我没有体验过，所以也不在我的讨论范围之内。

只将婚姻寄托在感情上，听起来未免有点儿不靠谱——谁都知道激情易退，移情别恋的速度在这个时代比换手机还快……

是的，男女之情本就瞬息万变，不能当作任何保证，但是，在一段婚姻中，特别是把“时间”这个维度放进去后，我们说的“情”不再是飘忽不定的男欢女爱；所谓恩爱夫妻，就是彼此有恩有爱。

“爱”当然更是必须，是前提。爱是最大程度的喜欢，如果你不喜欢一个人，干吗跟他在一起，更何况还要一起过一辈子？

什么是“恩”？字典里告诉我们，“恩”是恩惠，好处，情义，说白了就是彼此为对方的付出，带给对方的“好”。这种好可以被感知，可以被描述，可以真正为对方带来确切的利好。它不一定是金钱，不一定是利益，但一定是对方需要的，当时最渴望、最想获得的。

也许就是生病时递上的一杯水，难过时的一个拥抱，下雨时背后撑起的一把伞，为你留到深夜的一盏灯，这些实实在在的大恩小恩在两个人生活的点滴中，你来我往，绵绵不绝，是将两个人联系在一起的最牢固的纽带。

我和我家的高冷老公也经常会意见不合，彼此生怨。我嫌他不够暖，他嫌我乱扔东西……话说哪里有完美的人哪?!

但我永远忘不了当年我决定出国读书时，他未曾说过一个“不”字，在北京日日加班工作，然后把挣来的钱一次次汇往英国，供我读书生活。这是恩，不能忘。

而我对他、他的原生家庭、他的人生梦想，除了全力支持，别无他言。这两年，他彻底转型，几乎停止了从前的所有生意，全身心投入热爱的艺术领域，而我只说了一句话：“你一定要做你爱的事。这个家，我暂时也养得起。”虽然这么多年来都是他在养家，但我还是要给他这份心理支持。我相信，这也是恩，他亦不会忘。

诸如此类的往事，近 20 年来大大小小还有很多很多，无法一一赘述。懂得感恩的人是容易有朋友的，懂得感恩懂得回报的人，也往往会有一个幸福的婚姻，因为婚姻里的互相回报除了道义上的考量，更多是出于感情。恩与爱，缺一不可。有互恩互惠的实际支撑，有着两情相悦的互不厌倦，这样的婚姻基本已算是圆满了。

只是，当人们因爱而在一起时，常常会忘记了知恩图报的道理，以为在爱的世界里，我要的一切都是应该的，我给的一切都是情愿的，但我们最终无法违背人性。知恩且懂回报，是人和人的相处之道，亦是经营美好和谐的婚姻之道。

也许就是生病时递上的一杯水，难过时的一个拥抱，下雨时背后撑起的一把伞，为你留到深夜的一盏灯，这些实实在在的大恩小恩在两个人生活的点滴中，你来我往，绵绵不绝，是将两个人联系在一起的最牢固的纽带。

男人相对论

很多人说这世上有两种女人：一种是红玫瑰，是美好肉体与欲望的结合，是每个男人都想拥有的女人，比如姜文电影《阳光灿烂的日子》里的米兰，《邪不压正》里的唐凤仪；一种是白玫瑰，负责引领形而上的心灵世界，是男人的精神导师，比如那两部电影里，另外的两位女主角于北蓓和关巧红。这两类女人各有各的精彩，也各有各的结局。不知道姜文喜欢哪一种，但总是把白玫瑰的角色留给自己的女人周韵，大概也说明了一定的问题。

其实大家都知道，“红玫瑰与白玫瑰”的说法其实来自张爱玲的同名小说。虽然小说里的两个女主人公和姜文电影里的并不完全一样，但也大致概括了两类截然不同的女人。最经典的是这段文字：

> 也许每一个男子全都有过这样的两个女人，至少两个。娶了红玫瑰，久而久之，红的变了墙上的一抹蚊子血，白的还是“床前明月光”；娶了白玫瑰，白的便是衣服上的一粒饭粘子，红的却是心口上的一颗朱砂痣。

翻译过来，就是不管最后选了哪一个，总会永远惦记另外一个。张爱玲总是这样冷酷地揭露人性中的阴暗面，让每个读着她文字的人胆战心惊，怕她窥见了自己的内心。

人啊，总是贪婪的，其实大家当然都既想要红玫瑰也想要白玫瑰，最好两者能够在一个人身上合二为一，那也就别无他求了。

其实，男人大致也是分两种的：

一种拥有“侠骨”，就是那种相对有才华有能力、心怀大志有所作为的人。不是说这类人在现实社会中一定很成功，但他们心中装着自己的梦想和想要成就的事业，并愿意为此付出一切。这样的人很多，也非常有魅力。这种魅力跟他们是否拥有金钱没有直接关系——一个人专注去做某件事时都特别有魅力。

当然，这样的男人也有个很大的缺点，就是他们的眼睛望向的是更广阔的世界，眼前人却往往会被忽略。所以做他们的女人，就不能对他们有更多的期待，不能期待他们对你无微不至地关怀，不能期待他们随时关注到你的喜怒哀乐，天天把你捧在手心里为你欢喜为你忧。

千万别被那些“霸道总裁爱上我”的玛丽苏剧情给骗了，正是因为那样专情的“霸道总裁”在现实生活里很难找到，编剧才编出了那些麻醉人心的情节。选了这样的男人，你要靠你对他的欣赏撑完这一生，用你的坚强独立，应对他无暇顾及的家庭琐事，这才是真实世界中的真实生活。

而另一种男人则拥有“柔情”。不是说这种人没出息，而是他们会把人生的幸福感建立在日常生活的点滴之中，建立在与亲人朋友的美好关系之中。在生活中，这样的人也总是受人欢迎的，因为他们总能照顾到身边的每一个人，关注很多细节，体察别人的情绪。这也就是很多人所说的“暖男”。

他们并非不追求事业，但最大的兴趣不在于干出什么惊天动地的大事，而在于生活里的烟火气。把每餐饭吃好，把家里人都照顾妥帖就已经让他们很满足了。他们是那种在你感冒肚子痛时绝不仅仅让你“喝热水”的人，而是会买好了药、煮好了姜汤送到你家；他们是那种不管你几点下班都会来接你的人，是你受了委屈一定会认真倾听，帮你分析、给你建议的人，而不是用“别哭了振作起来”敷衍你……不是只在热恋期如此哦，他们会一直这样做。

不要觉得这样的男人没有进取心，许多被“青年才俊”追求的美女最后都嫁给了别人眼中的普通暖男。这才是真的冷暖自知呢，毕竟日子不是过给别人看的，谁有人疼谁知道。只是，嫁了这样的男人就不能这山望着那山高，不能要求一个人既要围着你团团转，又要在外面为你打拼出一个新世界。

唉，但人就是贪婪的啊，像张爱玲早就揭示过的那样，总是得到一样就想着另一样。其实最好的办法是，把自己变成与他互补的另一种人，这样你们就能成为和谐的一对了。选了“侠骨”的，自己变成“柔情”；选了暖男的，就用自己的双手拼回来一个世界。这世上从来没有坐享其成的事。

当然了，我们都希望一个男人既有侠骨也有柔情，既是暖男又是能成就一番事业。有这样的男人吗？有。但这样的人间极品为什么愿意选择你呢？这个问题也需要你认真思考。

其实，男人大致也是分两种的：

一种拥有“侠骨”，就是那种相对有才华有能力、心怀大志有所作为的人。不是说这类人在现实社会中一定很成功，但他们心中装着自己的梦想和想要成就的事业，并愿意为此付出一切。

而另一种男人则拥有“柔情”。不是说这种人没出息，而是他们会把人生的幸福感建立在日常生活的点滴之中，建立在与亲人朋友的美好关系之中。

我们都曾“毕业”于前任

“前任”确实是个有意思的话题，它几乎存在于每个人的生活里（即使现在没有前任也并不等于未来没有），但却很少被提起。

失恋之后的那段时间，混杂着眼泪和酒精，前任会被你念叨一万次，但等你有了新的恋情，前任的一切也就翻篇了，不仅不能提，在现任面前也要尽力避开，假装他并不存在。然而，假装是没有用的，前任是一种挥之不去的存在，不仅存在于过去，也存在于现在甚至未来，代表着一段无法抹去的人生经历。就像你曾走过的路、读过的书一样，你之所以成为今天的你，是经历过的一切累积而成的结果。

在我与好朋友组成的小圈子里，大家对前任有一个统一的戏称——“老师”。提起前任的时候大家都是这样开头的：“我跟某老师在一起的时候……”或者：“某老师曾经教育我……”听起来像是一个玩笑，细想却的确有一定的道理：谁不是从每一段感情中学习成长起来的？谁没被教育过？谁又没当过别人的“老师”？

无论是男人还是女人，有多少前任并不重要，重要的是你是否从一段又一段的感情中获得了进阶：从情场小白开始，一头栽进一段感情里，也许经历过相爱容易相处难的无所适从，也许尝过被欺骗劈腿的绝望与痛苦，也许体会过一个人怕孤独两个人却更寂寞的无情岁月，也许有过一个人要远行而另一个却要安稳的分道扬镳……

经历了一场又一场对你来说刻骨铭心在旁人看来却再普通不过的分手历练，你总要一点点地进步：慢慢学会与一个和你没有血缘关系却亲密无比的人好好相处；学会在点滴细节中懂得付出和忍让，却永远不要失去自己；学会去相信、去赞美，又要保护自己不受伤害；学会勇敢地表白、潇洒地放手，再怎么心痛也不在纠缠中失去尊严……当你把这一切都学会了，你就真的从“前任”这所学校毕业了。

既然前任对我们的人生有过这么多贡献，谁也不能将与之有关的生活和回忆彻底删除，那我们该如何安放这些无法被忽略的前任呢？

最好的方式应该就是“相见不如怀念”吧？那个当年我以为无法忘怀的人，回想起来距离我们最后一次见面也已经过去 20 年了。曾以为自己对他付出了那么多真情，这辈子都不会忘掉，一定会经常想起，一定还会唏嘘吧？

然而，并没有。

时间当然是最好的良药，一切痛都是可以医治的。如今，连他的脸都已经在记忆中逐渐模糊，如果没有人提起，这个人几乎也快要被我遗忘了。即便听说了他的消息，我内心也早已没有了丝毫的波澜。知道他就生活在我的城市，也知道轻易就可以找到他，却没有了任何想要再度见面的欲望。因为，那一页已经在20年前翻过去了，不管是美好还是悲伤，都已经度过了。彼此祝福，永不相见，挺好。就像你已经毕业，可以偶尔怀念学校里的生活，可是，不需要再回去上一次学了。

与前任的关系也有高段位的一种：前任变老友。

我身边也有与前任保持着朋友关系的高手，而且关键时刻能帮上忙，特别给力。不过，做到这一点难度非常大，两个人必须高度统一，达成一种默契和共识，要同时把爱升华成友谊，进阶成全新的关系。我问过这位朋友：你怎么能保证两个人之间没有爱了呢？朋友回答：这很简单，就是你们见到彼此再也没有了欲望。与此同时，两个人还都要处理好与现任的关系，得到现任对他们这份友谊的信任，这才是真正的挑战。做到这一点，就好比本科毕业之后还读到了博士，毕竟是少数。

最糟糕的就是一直纠结在逝去的关系中，或者不肯放手深陷痛苦，或者每次恋爱的对象总被拿来跟前任比，让前任如影随形，影响你后来的生活，这是最不划算、最没有意义的。如果你真的觉得前任好，可以去挽回，但请先想清楚当初为什么要分开？

一定是有不可解决的问题才会分开，如果问题仍然存在，挽回也没有任何意义。如果你内心还有不甘和怨恨，这些情绪除了让自己变得更糟以外，没有任何意义。

青春与时间是多么宝贵，与其用来怨恨前任，不如积极投入下一段人生，寻找真爱。一直纠缠在失败的情感中，是拿不到“毕业证书”的。

经历了一场又一场对你来说刻骨铭心在旁人看来却再普通不过的分手历练，你总要一点点地进步：慢慢学会与一个和你没有血缘关系却亲密无比的人好好相处；学会在点滴细节中懂得付出和忍让，却永远不要失去自己；学会去相信、去赞美，又要保护自己不受伤害；学会勇敢地表白、潇洒地放手，再怎么心痛也不在纠缠中失去尊严……当你把这一切都学会了，你就真的从“前任”这所学校毕业了。

没有完美男友，却有完美婚姻

每次问起那些还在寻寻觅觅的女孩子：你到底想找一个什么样的男朋友啊？回答都是：我的要求不高啊，只要有感觉就行。

“哦，这样啊。那没钱行吗？”

“不行。”

“长得一般行吗？”

“那……有多一般？也不能太难看。”

“穿得土行吗？”

“还是得有点儿品位吧！”

“工作很忙，没时间陪你行吗？”

“那不行吧，如果那样我找男朋友干吗？”

你看，这“不高”的要求其实也很难达到啊。以前有种很俗气的说法，女人选择婚姻就像第二次投胎，这么说过于物化女性，好像女人的后半生都要靠一个男人来改变似的。但这句话换一个说法听着就没那么刺耳了：选择一个人结婚，就是选择了一种生活方式。也正因为结婚意味着脱离原有的家庭环境——重新和另一个人组成新的家庭，会产生一种全新的生活模式，所以人们会对婚姻特别重视。

这重要到堪比第二次投胎的选择，让很多人，特别是很多女孩儿对婚姻有了许多纠结和不切实际的美好期待：是啊，生在什么样的家庭没办法选，好不容易有了自己选择的自由，可必须慎重再慎重。原生家庭的好，这个人也必须能给我，原生家庭没有的，我更要通过这次机会拥有。也就是说，这些女孩儿想通过嫁人获得一种童话般完美的生活。

这基本上已经脱离了美好愿望的范畴，可以归为痴心妄想了。想象之中完美的人，现实中是不存在的。哪怕外在条件达到了幻想的标准，还有品行、审美、生活习惯等等很多个人在成长过程中逐渐形成的“软件”需要考量，哪里会有完全按照期待来到你面前，并且只爱你一个、只想娶你为妻的完美先生呢？退一步说，即便真有这样的人，你又能做一个完全让他满意的完美人妻吗？世间有多少事怕就怕“贪心”二字。

一段幸福的婚姻并不需要两个完美无缺的个体，它的终极秘密只在于一个词——“合适”，看似简单却可遇不可求。这也是为什么两个看起来条件都很好的人，却常常没有办法经营好一段婚姻。

我认识一对外人眼中的金童玉女，男的是很有前途的艺术家，人长得高大帅气，并且没有人们心目中艺术家常有的那些恶习。他勤奋，努力，有才华，对爱人很忠诚，每年卖画的收益都不错，可以支付在北京买房买车的费用及一切家庭开销。女的是外企高管，肤白人美，是典型的精英女性，热爱艺术，所以跟老公也有很多共同话题。他们初遇时也是天雷地火，觉得找到了心目中的完美人选。

分歧出现在婚后第一年。女方是名校高才生，有自己执着的人生追求，在工作中拼搏奋进不惜力，所以加班、出差都再寻常不过；而男方虽然想要一位高智商、有品位、懂艺术的妻子，但并不想要经常只有他一人在家的冷清生活。辛苦作画一天后回到家里，他需要有人跟他共进晚餐，举杯小酌，聊聊闲话，解解焦虑。而他的妻子这个时候不是在办公室忙就是在天上飞，也并没有改变自己生活方式的打算。

最后，两个非常优秀的人只能分手。这种“两个人都很好，两个人都没有错，却没办法共度一生”的案例俯拾即是。

一段美好的婚姻，其实蕴藏着世间最朴素的道理，双方就像是榫与卯，只有凹凸得刚好“合适”，才能得到一个完美牢固的结构。如果你是榫，如何在大千世界中找到属于你的卯呢?

最重要的，是先放弃对“完美对象”的想象，将目光转回到自己身上：明白自己究竟是一个什么样的人，在生活中最在意的是什么，为了得到你最重视的东西，什么是你可以舍弃的?

如果你最在意富裕优渥的生活，那么自由是不是可以为此舍弃呢?

如果你最在意事业上的成就感，那么对爱人家人的陪伴是不是可以舍弃?

如果你最在意家庭的温暖和睦、亲密陪伴，那么对金钱的要求是不是可以不那么高?

……

别说你都想要，因为你就是没有办法同时拥有，只能选那件你最最在意、非有不可的东西。只有搞明白了自己，你才知道需要找一个什么样的人共度此生。这样在寻找的路上才能有的放矢，才能明辨是非，不会嫁给一个错的人，也不会放掉那个真正对的人。两个人一起打造出来的生活方式，必须是两个人都想要的。你想在婚后改造一个人?那比改造一座城还要难得多。

完美的婚姻，就是合适的婚姻。

一段美好的婚姻，其实蕴藏着世间最朴素的道理，双方就像是榫与卯，只有凹凸得刚好“合适”，才能得到一个完美牢固的结构。如果你是榫，如何在大千世界中找到属于你的卯呢？

最重要的，是先放弃对“完美对象”的想象，将目光转回到自己身上：明白自己究竟是一个什么样的人，在生活中最在意的是什么，为了得到你最重视的东西，什么是你可以舍弃的？

不要忘记任何一个纪念日

有人在微信朋友圈里发了一束结婚纪念日时老公送的花，嫌弃花送得没有品位，结果好多人留言说：还挑？有就不错啦！

就是，有就不错啦，说出了多少人的心声！

刚恋爱时再用心都不嫌麻烦，日子久了，男人便觉得那些浮夸的形式都不重要。老夫老妻了，干吗还要记那么多日子，多累啊！

有的女人其实对此也不大在乎，觉得无所谓。两个人观点一致倒也相安无事。

可是我觉得：节日、生日、纪念日都要过，一个都不能少！

虽然男人记得你的生日，不一定与他爱你画等号，但是，生活已经够平淡了，如果连这些形式感都省略了，也就太无趣了。无趣的日子过久了容易乏味，而感觉乏味绝对不是一件好事。

刚结婚的那两年，我老公最怕我问的一句话就是：“明天是什么日子？”因为他从来记不住我的生日以及任何纪念日。

刚开始他还不知道我设了陷阱，会毫不犹豫地回答：“明天是星期三啊，怎么啦？”然后便会等来我黑着脸不理他的几个小时。可后来他明知道我会不高兴，却依然记不住，依然忘记。说白了，他就是典型的“直男思维”：你都是我老婆了，还弄那些虚的干什么？

身为双鱼座的我，实在不能忍受这样的论调，但也深知改变我家天蝎的思维定式是不可能完成的任务。

我就喜欢浪漫惊喜、生活情趣，怎么了？凭什么我嫁给你就要失去这些？

我很明白自己其实并不想要什么礼物，只是很 enjoy（享受）那种罗曼蒂克的调调，这是我喜欢的一种游戏。后来，我找到了继续游戏的好办法：你可以忘记我的生日，但我从来不会忘记你的。我把所有关于浪漫的想象都用在了老公身上。

有一年他过生日，我买了 60 支红玫瑰快递过去，并附上卡片：

“60 支玫瑰是我想对你说，60 年后我依然爱你。”

我可以想象他当时的震惊与感动，那应该是他这辈子第一次收到女人送的花吧。从那年起，不管他过生日时我在不在北京，都会有鲜花、卡片、蛋糕、礼物送到他的办公室，他不知收获了多少艳羡的目光。

前年他生日那天，我没有快递礼物给他，只是在早晨叮嘱他早点儿下班等我。下班后，我买了鲜花放在汽车后座上，让整个车厢内充满了淡雅轻柔的花香。我开车接上他，一起去了预订的“马克西姆”餐厅共进晚餐。为什么选这家呢？因为他曾对我说过，他19岁时第一次吃西餐就是在北京的“马克西姆”法餐厅。

在吃这顿5道菜的法餐前，我对他说：“今天咱们都把手机放在包里，不许看，也不许接电话，就好好吃顿饭，聊聊天。”

于是，我们真的很开心地吃饭、喝酒、聊天，度过了三个小时，没有人接一个电话。吃着吃着，他忽然抬起头来看着我，不经意地说了一句：

“你真好看。”

嗯，看了十多年，他还能真情实意地说出这句话，这生日没白过！

每逢结婚纪念日，我的花样儿更多：10周年那次我们回到了上海这座对我们来说意义非凡的城市，住进了10年前他向我求婚的那家云端酒店。我拉着他，去双方初次动情的那个街角，拍了一张合影，去了我们吃第一顿饭的那家上海小菜馆共进晚餐……

等到结婚20周年时我打算请些亲密的朋友，按照我们梦想中完美婚礼的样子举办一个小小的纪念仪式……想想都很开心。

其实，我当然更愿意由他来为我安排一切，但我总不能每年都为这个生日场气吧?

其实，当我做着这一切的时候，我真的很开心，也享受到了梦寐以求的浪漫感觉。

其实，这些年下来，不用我提醒，他已经慢慢记住了我的生日、情人节、纪念日，也学会了送花、送礼物、安排惊喜。

你看，这样做多划算。

我很明白自己其实并不想要什么礼物，只是很enjoy那种罗曼蒂克的调调，这是我喜欢的一种游戏。

改变他人之前，请先改变自己

北京的冬天还是挺冷的，所以我们总会向往能带给自己温暖的东西，比如暖气和火锅。但比起暖气，我觉得家里有一个暖男才是更重要的事。虽说我当初爱上老公是因为他的高冷艺术范儿，可是天一冷就容易看不顺眼了。

我一直很清楚，人和人的差距是非常大的，受基因、生活环境、个人性格的影响，有人“暖”，有人“不暖”，这往往跟他爱不爱你关系不大。

有的人是“天生暖”“习惯性暖”，所以他只要付出70分，就已达到你心目中的100分了；而有的人是“天生冷”，他认为自己已经做到了100分，在你这儿却还没及格。我家的高冷才子型老公很明显属于第二类。

刚认识他那会儿，我就震惊于世上竟有这样的人，对于女人的需求了解程度几乎为零。有一次外面下着大雨，我躲在屋檐下打不到车，只好打电话向他求救。他的回答居然是：打不到车啊，那你就多打一会儿吧！你想我当时有多生气！

更过分的是，有一次我发烧39℃在家休息，他居然下午两点才打来电话："你吃午饭了吗？没吃啊？要不起来自己做点儿？"如果我还能爬起来做饭就不叫发高烧了吧？年轻时我经常说他对我不够好，可他永远一头雾水地回答：怎么不好？所有女朋友里我真的对你最好啦！

这样我居然还对他一往情深，内心也真是太强大了吧？其实，我的心路历程是这样的：我知道他很爱我，也为我做了很多大多数男人很难做到的事，但人总是有短板的，他天生的性格以及从小的家庭环境导致他不太懂得在生活中关心和照顾女人，既然这不可改变，那我就只能接受。

我几乎不会为不能改变的事情烦恼，于是很少再要求他，也习惯了自己解决生活里的各种问题。当你不再要求，也就不再失望了……这样也和谐地过了这些年。

可是为什么现在突然决定要重新开始“战斗”了呢？因为有一次我又病了，头痛，痛到想把头扯下来……其实不是什么大事儿，就是经期综合征，但是非常痛苦。

即便这样，那天我还是去上了班，开了很多会，度过了繁忙的一天。那天我日程里的最后一项安排是送出我特别为他准备的生日礼物：带他去定制一件顶级面料的羊绒外套，方便他冬天参加活动时穿在西装外面，既保暖又有型。

从定制服装的工作室出门后，我的头几乎痛到了极点，并且开始呕吐，瘫坐在驾驶位上半天缓不过来。但我依然需要自己把车从东直门开回机场附近的家。而刚刚接受了生日礼物的他，只是例行公事地问了一句：“你没事儿吧，还能开车吧？”我说“可以”之后，他就开着自己的车子先回家了……

对于我的病痛，他一如既往地忽视。好吧，底线再低我也绝不能再忍了。我可以宽容，可以坚强，可以自己照顾自己，但绝不想再这样委屈地过上几十年。

但有一点必须说明白：人其实不是不能改变，只是很难被他人改变，更多需要自己改变自己。基于这一点，要高冷老公变暖男只有一个办法：让他知道自己做得太差了，让他发自内心地去改变。

生病的那两天，我没有跟他吵闹，反而把自己照顾得很好，吃药、泡脚、喝大量热水、早睡，身体恢复得很快。当他终于发现我不舒服时，他跑来问我：你需要我帮你做点儿什么？我的回答是：不用了，我自己都已经做好了。

这件事过去之后，我跟他诚恳地谈了一次，就这两天的事，让他判断自己是否对我足够关心。不扯从前的事，就说当下的具体小事。不上纲上线好难，但是想要好好说话就一定要如此。

苍天有眼，在我努力克制、精心营造出来的祥和氛围下，他终于人生第一次承认，他意识到自己做得的确不够好，但他愿意努力改变。他也明白，改变只能靠自己，只有发自内心的愿望才会让人有行动力。

我和他都太清楚，如果继续维持原状只会有两个结果：一是我在生活上不再需要他了，二是给未来可能出现的暖男可乘之机。这两个后果都很严重。开诚布公地把话说清楚其实是最简单直接的解决办法。

我觉得，眼前这高冷的冰川终于开始融化了，也许冬天过去后，我将真的迎来一个暖男。

我等着。

人其实不是不能改变，只是很难被他人改变，更多需要自己改变自己。

爱情无须论证

我和我家高冷先生在认识一周年后结了婚，也就是说，我们迄今已认识 19 年了。有结婚这个念头，其实是在我们认识两三个月的时候。如今想来并不算什么情比金坚，只是年少的一时冲动罢了。

记得当年他不顾一切想跟我在一起时，也从未说出什么甜言蜜语，没有送过我一枝玫瑰。他来到我家楼下，把我约出来后只说了一句话：我就是想这辈子和你一起生活。

不得不说，这句话真的打动了涉世未深的我，虽然那时的我们根本不了解“和一个人过一生”到底意味着什么，要经历些什么，更无从想象这样的承诺是否真能做到。

对于那时的他来说，讲出这句话也许根本没有经过什么深思熟虑，只是热恋时想将一个人完全拥有。在经历了诸多日常琐碎后的今日，他未必敢再说出这样的话，即便说了我也未必真会相信。

结婚啊，还真的需要一时冲动，一旦恢复理智很可能就不敢轻易踏入婚姻了。毕竟，人的一生很长，两个完全没有血缘关系的人将命运紧紧联系在一起，这真是一场很大的冒险。

某个结婚纪念日，我们一起小酌。趁着微醺，我们说了很多掏心窝子的话，这么多年还是达成了一点共识：结婚虽是一时之勇，但之后相伴的这十几年，我们真正体验到了什么才是“很好地一起生活”。

这真的是一份幸运，遇到爱、遇到性都不难，难的是遇到“懂得”。遇到了，还能走到一起、相伴一生，那更是难上加难。拥有这份幸运的人啊，真的都该珍惜。

世上的艺术作品都在歌颂爱情，那些至死不渝的爱情。爱情固然重要——没有爱的两个人别说结婚，就是恋爱都不可能，但一份“好的生活”，绝不是仅仅靠着年轻时的两情相悦和荷尔蒙就能拥有。“无常”本就是世界的常态，更不要说每个人本就有着各自的想法。

如果每个人的想法都能一生不变，说出的话都一定能践行，那这个世界也早非如此了。把瞬间当永恒，把誓言当行动，才是活在妄念之中。

想要好好生活，“三观相合，秉性相投”，应该是最基本的逻辑。从前讲究的“门当户对”，虽不能保证两人百分之百地三观契合，但类似的生活环境和家庭背景，可以大大增加这一可能性。当然，事无绝对。也会有出身贵富之家的孩子把钱看得很重，而家境不好的孩子反而不那么斤斤计较，这当然和原生家庭的言传身教有很大关系。所以“门当户对”也不完全是指社会阶层，更需要全方位地衡量。

一个人活到恋爱的年龄，身上有两样东西是怎么都改不了的，除了原生家庭带来的已经植入思想深处的三观外，性格秉性也早已养成。你可以改掉他乱扔东西、总喝冰水的生活习惯，但很难改掉自己容易急躁、心直口快的性格。所以，千万不要妄想在婚后把对方改造成另一个人，尤其是性格方面。如果你不能接受每天面对这样的人，就不要和他在一起，他不会因时光的流逝和你的努力变成另外一个人。

这里说的“接受”不是“忍耐”，忍耐是“怨而不言”，是不能长久的。“接受”是你了解现状后，认可它就是你生活的一部分，并不会因此受到影响和伤害，可以完全承担消化。我们经常看见两个一直吵闹的人，却可以欢欢喜喜地过一生。这就是互相接受的结果。

三观契合的人比较容易沟通，就像流动的水不会发臭，思想和情绪只有在你来我往的沟通中流动起来，才能保持良好的状态，不会留下芥蒂。两个人沟通的方式有很多，并不是所有人都必须促膝长谈，打打闹闹也是一种方式，唯一重要的是必须保持沟通顺畅。我跟老公的沟通方式就是把酒言欢，或者写信交流，两个生性内向的人没办法在清醒时好好说话。

人、生活、环境总是处于不断的变化之中，在三观的根本问题统一之后，两个人还需要在不断变化的岁月里，顺势而为，随机应变。因为只有在变化中不断找到的平衡，才是能长久的平衡。一方动，而另一方静止，就会产生错位，这种错位如果不经另一个人的变化调整过来，矛盾就会加剧，最后无法复原。

回看19年前的我与他，今日的我们仿佛已经进化成了另外两个人。无论是学识、认知，还是眼界、社交圈，各个层面都不能与当时同日而语，然而我们依旧和19年前一样旗鼓相当，无论是精神上、生活上、工作上，还是其他方方面面，还都是可以互相扶持的小伙伴。我变了，他也变了，没变的是我们之间的那些相同与不同，是彼此之间仍然存在着的吸引力。

最后，如果不打算“散伙”，就请给予对方最大的支持。因为在婚姻里，你们就是一个整体。一个团体里的伙伴彼此支持，才能抵挡外界的一切纷扰，才能披荆斩棘，打败生活中的种种不如意，才能共享属于这个团体的欢乐、成就和幸福。

当然，如果出于各种原因不得不“散伙”，也要理智对待，尽量公平，一别两宽，保留体面。因为，那些曾经一起共度的美好时光，也是人生中重要的精神财富。等走到生命的终点，只有曾经经历过的幸福才是灵魂最为宝贵的陪伴。从这个角度思考，你会更明白该如何看待自己，如何对待他人。

人生短暂，愿我们还有很多个美好的 19 年。

3

30 岁以后，高级比时髦更重要

所有的衣服都会说话

翻开任何一本时尚大刊，或任意点开一篇阅读量100 000+的时尚文章，它们一定会在最醒目的位置告诉你本季必买的时尚单品是什么。一夜之间，原本小众的品牌忽然断货，某款鞋包成为街拍标配，而那些明星同款，无论造型多么奇怪、令人无法驾驭，都会全网热销。

可是，谁能永远活在20岁？谁又能告诉你时髦、流行、热卖的，就是最美最适合你的？

我早已过了追赶风潮的年纪，可以负责任地告诉你：30岁之后请告别那些买了就过时，穿上就撞衫的热门款式吧。当青春不再是你炫耀的资本，气质才是你真正应该修炼的。

整体的高级感远比时髦更重要。在胶原蛋白撑起的青春时代，奇装异服往往会让人觉得可爱；而用不合适的流行单品装扮出的中年，只会让人觉得可怜。每个人都希望自己是美的，有魅力的，人见人爱的，但一切装扮都要和年龄身份相匹配。天地间，万物都有各自的生长规律，符合自然规律的事物才会让人产生愉悦的美感。

30岁，你应该已经经历了职场的拼搏，独立面对过一些事，比年轻时更了解人性，所以可以更从容地面对生活，头脑里也不再只有非黑即白、非爱即恨的简单逻辑，虽已不是青春少女，却仍风华正茂，这其实是女人最好的年华。

此时的你，应该活得更像自己，而不是堆砌流行元素夺人眼球，或是伪装自己仍在青春。此时的你，应该已经明白，自己才是最重要的，穿上身的衣服会展现你的性情、教养和文化，你早已不需要时刻变身流行单品的模特。

你仍然可以纯真，却不再适合劣质的蕾丝花边；你可以性感可人，但是需要告别过度的裸露；你的酷和帅气，并不需要用破洞牛仔裤和机车皮衣来展现。

到底什么是“高级感”？高级感不等于昂贵，但绝对不是廉价的。高级感不等于奢侈，但绝对是精致得体的。高级感是一种对自己的尊重，因为你值得拥有更好的。高级感是去掉那些与你年龄身份不符的单品，只留下可以为你加分的好东西。

高级，最重要的是一个“精”字，精选精致。

打开衣橱，你一定有一些旧衫。据说连续两年没有上过身的衣服就应该“断舍离”了，而那些即便你经常会穿，却并不能让你看起来更美的衣服，也应该即刻告别你的衣橱。

在决定买一件新衣服时，你可以先想清三个问题再付款：

这件衣服能否为你打造出心中向往的形象？

不管你是谁，都会有属于自己的风格，有最想成为的样子。不管这件衣服是不是本季大热，你只需要它为你的形象服务。

- **这件衣服有没有采用天然面料，里料是不是柔软，做工是不是细致，穿在身上是否舒服？**

身体永远是最诚实的，美好的触感会让人每时每刻都愉快自信。

- **你是否愿意随时随地穿上它，去见每一个萍水相逢的人？**

如果这三个问题的答案都是肯定的，即便它比你的其他衣服贵上两三倍也是非常值得买的。

虽然每个人的喜好不同，但有几类衣服是 30 岁以上的人必备的：

- **羊毛或羊绒大衣**

无论是 H 型、A 型还是宽松型大衣，羊毛或羊绒含量都是最重要的，当然是含量越高越好。那种上身后的垂坠感和抚摸时柔软到内心的触感，绝对对得起它的价格和你苦心保持的身材。颜色以黑、灰、咖啡色等百搭色最为经典，但我个人也非常喜欢纯正的红色与藏蓝色。

- **真丝衬衫**

一年四季衬衫都是必备的，是可随意、可正式的百搭单品。尤其是白衬衫，无论搭配裤子还是裙子，都特别得体好看。几乎每个人都有几件不同式样不同颜色的衬衫，但唯有真丝面料的衬衫既优雅又性感，一件入手，衣品升级。

平纹羊绒衫

毛衣总让人觉得有点儿太过家常随意，唯有羊绒衫才能做到保暖又有型。山羊绒十分珍贵，产量稀少，仅占世界动物纤维总产量的0.2%。穿在身上时，它的轻、软、柔、滑，是任何纤维都无法比拟的。有软软的羊绒，娇嫩的皮肤才能熬过漫长的冬天。

及膝连衣裙

作为上班族，没有人会每天穿得像个时尚博主，但也绝不要时刻如空姐般着装正式。一条无袖、短袖或长袖的及膝连衣裙永远可以应对一年四季所有的工作场合。上班开会不会太扎眼，出席聚会也绝对合适。重要的是，面料不要太薄，不要太紧绷，才能将身材和气质修饰得恰到好处。凯特王妃就是穿此类裙装的高手。

高级不等于千篇一律，更不等于沉闷呆板。

鞋、包、首饰、得体的妆容都是打造你与众不同形象的法宝。

最后附送几个小贴士：

- 鞋子是为整体造型服务的，不要买回一双奇怪的鞋子，再为它去找衣服，这样的搭配很容易让你面目全非。如果可能，尽量选择尖头鞋，从视觉上拉长身高，使你显得女人味十足。

- 包的样式重要，质感更重要。不一定要买一柜子名牌包，但几只随时可以拎出手、易搭配、皮质优、做工精良的包值得投资。强烈不建议购买只能红一季且很不实用的异形包。经过时间验证的才是值得拥有的精品。
- 告别做工粗糙易掉色的时髦配饰，你值得拥有真正的珠宝。18K金、钻石、彩色宝石、珍珠，价格远没有传说中的昂贵，但它们天然的质地和光泽绝对配得上30岁后你更加丰盈的内心，和从容自信的脸庞。
- 除非参加盛大的活动，平日的妆容最好保持清爽。无论什么年纪，过浓的妆都会显得老气和俗气，与高级无缘。

进阶高级，也许就是从理智地拒绝爆款开始的。

微胖界穿衣显瘦指南

我总爱开玩笑说：作为曾经的微胖界代表，我这 20 年来都在潜心研究穿衣显瘦的秘诀。

我天生就不是瘦子，虽然近 20 年来我的体重一直在 100~104 斤，但是因为个子不高，骨架小，35 岁之前也没有健身锻炼，所以整个人看上去肉肉的。但是再普通的身材也是可以靠衣服来修饰的，总有优势可以被拿来利用。

我身上唯一还算健美的部位就是腰腹。腰围虽然不算很细，将近两尺，但由于我是梨形身材，胯比较宽，所以视觉上就显得腰细。另外，虽然我生了两个孩子，但这几年依靠规律的健身锻炼，腹部也恢复得不错，相对平坦。剩下就没什么优点了，四肢胖胖的，腿也不长，纯正的四川血统和基因，让我看上去像个哈比人。可以想象，当初一头扎进满眼高瘦美女的时尚圈时，我每天的日子都很虐心。

我的少女时代是美被压抑控制的时代，真正开始关注自己的身体，分析自己的身材，进而找到适合自己的衣服，是在我上了大学之后。

在脱下中学时代宽松肥大的校服之后，我第一次穿上紧身的弹力高领衫，发现自己居然拥有漂亮的腰线，粗粗的胳膊也好像细了一圈，视觉上真的瘦了 5 斤。从此，我踏上了用衣服修饰身材的探索之路……

有腰线就尽量凸显，没腰线就想办法创造腰线

腰线是女人美丽的生命线，穿有腰身的衣服，永远比穿肥大的衣服显瘦。

我所有的衣裙几乎都有腰线，因为只要我穿了没腰身的衣服，别人就会问：你最近是胖了吗？包括大衣、羽绒服，甚至滑雪服，我都必须穿收腰的款式。这是一种视觉魔法，在身体中部偏上的位置制造曲线，会使人忽视你的实际腰围。所以收腰绝对是最简单易行的显瘦方法。

除了买收腰的衣裙，腰带也是显瘦利器。

宽腰带有气场，细腰带更精致，根据衣服的不同质地和你想呈现出来的气质，选一条合适的腰带很有必要。我因为个子矮，喜欢挑与衣服同色系的腰带，这样视觉上比较统一，不会把身高压矮。

穿挺括有型、剪裁合身的衣服，不要选宽松柔软的

经常看到一些微胖的女生喜欢穿特别宽松的大号 T 恤、针织衫，或是比合适尺寸大两号的夹克衫、大衣，面料都是软软地贴在身上的那种。原因有两个：一是认为自己胖，所以要穿宽松的衣服把肉藏起来；二是柔软质地的衣服穿着更

舒服，无论摆出什么姿势都不会觉得紧绷。

然而，用宽大的衣服遮肉无异于掩耳盗铃，不仅遮不住肉反而更显胖。因为宽松的衣服从视觉上增大了体积，使你看上去比实际更胖。而挺括合身的衣服反而缩小了你在别人眼中的体积，展现出你真实的胖瘦，而不是被放大后的效果。挺括合身的衣服也让人显得更有精气神，挺拔的身体看上去会比放松的身体显瘦。而柔软的面料虽然舒服，但会把身上的肉完全暴露出来，使之毫无藏身之地，穿上以后也让人完全没有压力，反而容易吃进更多的东西，对保持身材没有丝毫帮助。

袖子的剪裁一定要合适，不能太肥也不能太瘦

袖子的剪裁是否合适，对一件衣服是否显瘦来说太重要了！

有些衣服的整体剪裁不错，唯独袖子做肥了，穿上之后特别不精致，因为这从视觉上加粗了胳膊，人也会显得臃肿。当然，袖子过瘦也不行，穿上以后衣袖上会出现很多褶皱，摆摆胳膊，甚至肉的轮廓都能看得见。

露出你身上最纤细的部位

一个人的身材总有优点，就算整体微胖也会有相对纤细

的地方。

有的人腰腹胖，但是腿细，所以即便没有腰线，露出两条细腿也会让人觉得她是个瘦子。

而我因为腿粗，很多年来都只敢穿长裙，直到近些年开始健身，腿虽不细但没有过去那么粗了，才敢偶尔穿特定款式的裤装。你身上纤细的部位也许是小臂、脚踝、脖子，只要露出来，就有从视觉上缓解臃肿的作用。

最显瘦的裤型只有两种

我的大腿小腿都粗，脚踝也不细，试遍了天下所有的裤型，发现只有两种最显瘦：微喇和直筒。

小喇叭裤脚可以很好地遮挡小腿，并从视角上拉长大腿，总体不会显胖。而直筒裤会掩盖真实的腿形，产生拉长腿部线条的错觉。我这辈子都没办法穿紧身裤、“男友牛仔裤”之类的时髦款式。

有腰线就尽量凸显，没腰线就想办法创造腰线；

穿挺括有型、剪裁合身的衣服，不要选宽松柔软的；

袖子的剪裁一定要合适，不能太肥也不能太瘦；

露出你身上最纤细的部位；

最显瘦的裤型只有两种：微喇和直筒。

珠宝是时尚界人士的终极向往

我发现时代真的变了。

一个好朋友的女儿过 10 岁生日，我送了她一条紫水晶坠子的 18K 白金项链，因为不是什么大牌，所以价格并不高。小女孩捧在手里，追问了我半天："太漂亮了，这是真的水晶吗？"之后她十分欢喜地戴上了，对其他人送的大牌塑料首饰看都不看一眼。

这么小就懂得分辨什么是真金白银，比我们小时候天天捧着塑料珠子当珍宝真的不知精进了多少倍。其实这么大的孩子，还不懂哪些珠宝昂贵，哪些便宜，只不过水晶呈现出来的自然通透的美感和凉丝丝的质地征服了她，这是树脂或玻璃仿制品达不到的境界。

十几二十岁的时候，大多数人都觉得珠宝离自己很遥远。一是认为珠宝价格不菲，随便翻开《芭莎珠宝》之类的杂志，都是动辄几万、十几万、上百万的珍品，美是美，但贵也是真贵；二是觉得珠宝给人的感觉很隆重，好像非要等到什么正式场合才能从珠宝箱里把它们小心翼翼地拿出来，不适合日常生活。

这些都是刻板的印象，珠宝的世界早就百花齐放，既有价格昂贵的珍品，也有相对平价的好物。有时你看到一个女人，觉得她的穿着并不出挑，妆容也并不艳丽，但说不出为什么，她就是有一种高级精致的美，那多半是因为她身上有一件小巧但极具杀伤力的武器——珠宝。哪怕是一颗小小的钻石或珍珠，也能让佩戴者光芒四射，不论年龄与容貌。

学会买珠宝、戴珠宝，是时尚进修的高阶课程，如果这点没学会，对不起，在成为品位高雅的时尚达人之前，你还有很长的路需要走。

前两天看到了一句话，简直一语重的："攒钱买点儿真金白银吧，不然将来老了，你的首饰盒里只会剩下一堆锆石和被氧化的合金。"不是说那些仿制品就不能买，特别好看的也可以用来搭配衣服，但它们与真正的高级和精致无缘。就像路边摊上也有很好吃的东西，偶尔吃吃可以，但它们往往与卫生、营养和优雅的生活方式无关。

其实拥有珠宝并不像大多数人想象中那么困难，省下买几件便宜首饰的钱，你就能拥有一条钻石项链，但它对佩戴者气质的提升程度可不是一对玻璃耳环可以比拟的。

珠宝背后是一个庞杂而有趣的世界。珠宝种类很多，你需要认真学习相关知识。毕竟，珠宝和时装不同，材质本身很有讲究，但购买时遵循下面几条原则就好：

第一，预算之内，买最好的。

不要过度追求便宜，而是要在能承担得起的价格区间内，挑选品质最好的。买一颗一克拉的优质钻石，要远远好于买两克拉劣质的钻石。好的东西永远有价值，差的东西永远不值得买，不管它们有多便宜。

第二，如果不是为了投资，同样价格同样品质的东西，买自己喜欢的。

不要因为某种宝石更有升值空间就去购买，珠宝是用来装饰自己的，而不是用来赚钱的。不要为了一点儿利益，买下不喜欢的东西闲置。

第三，如果两件珠宝你同样喜欢，就买能和你大部分衣服搭配的。

还是那句话，佩戴珠宝，是为了衬托你的美。如果珠宝易于搭配，就增加了佩戴频次，这也是摊薄成本的好办法。

最后，买珠宝确实是需要知识与智慧的。

在购买之前对材质、品牌、款式做好研究，才不会花冤枉钱，才能一步步变成高段位的买家。不然怎么说珠宝是时尚界人士的终极向往呢？

每个女人都需要一串珍珠

每次有人向我咨询，想买一件既百搭又有品质感的珠宝首饰时，我总是告诉她们：买珍珠吧。

古今中外，每个女人都需要一串珍珠。虽然这世上还有很多美丽又珍贵的宝石，但唯有珍珠是与每个女人相得益彰的。也许因为珍珠是最像女人的一种珠宝，它充满了母性的光辉，以贝类母体的疼痛去成就一份美好，从一颗小石子，不断积累，不断添加，最终蜕变成圆润光亮的珍珠，很像女人的成长过程，所以，当女人戴上珍珠，总能呈现出一种与珍珠互相成就的柔美力量。

公元前数百年，古埃及的贵族们就以佩戴珍珠为荣，

1530 年后，欧洲更有许多国家为珍珠立法，规定人们按照社会地位、身份等级佩戴珍珠。从伊丽莎白一世、维多利亚女王的画像上，我们也可以看到她们对珍珠的狂热喜爱。

说到珍珠，很多人会想起英国王室那顶著名的王冠——“珍珠泪”。这顶由玛丽女王命人打造的王冠，因为被黛安娜王妃多次佩戴而为人熟知，镶嵌其上的 19 颗水滴形大珍珠更是令人印象深刻。

然而，这些珍珠和我们在珠宝店里看到的有很大不同。王冠上的古董珍珠都是“天然珍珠”，成形完全依靠大自然的力量，没有一点儿人工干预。

当蚌在海床上进食的时候会张开贝壳，这时就有小石子、小沙粒被偶然吸进贝壳里，贝壳的外膜因此受到刺激，分泌出珍珠质，将这些小石子包裹起来，越包越厚，慢慢变圆，成为珍珠。但因为包住的小石子形状各异，所以纯靠天然力量得到一颗光滑又圆润的珍珠简直难上加难。人间所有东西都珍贵在这“难得”二字上。

正因如此，天然珍珠异常珍贵，价格不菲。所以从前只有拥有无上权力的女人才能将如此难得之物据为己有，成为高贵和权势的象征。因此，珍珠也蕴藏着一种无法言说的威仪感。这也是如今各国王室、政要名流喜欢在正式场合佩戴珍珠的原因，它天生具有一种不同寻常的高贵气息。

即便到了今日，想找到一颗品相良好的天然珍珠都很困难，更不要说从前了。所以在拍卖场上，古董天然珍珠的价格总是高到令人惊叹。前两年有一颗非常有名的卡地亚古董珍珠，是产自波斯湾的天然海水珍珠，重 8.3 克，100 多年前曾是英国玛丽女王的藏品。

这样品质和大小的珍珠，差不多要在贝类体内孕育 300 年才能成形，再从波斯湾里把它找到，被王室拥有，世上几乎不可能再有第二颗了，所以它能拍卖出一亿多元人民币也是可以理解的。

而我们如今能见到的市面上销售的珍珠，不管多大多美，99.9% 都是人工养殖的。

人们模仿天然珍珠的成形过程，将事先准备好的圆形珍珠核放入母贝，再把母贝放回适当温度的海水里，直到珍珠成形。发明这种人工养殖珍珠技术的人非常有名，他就是如今日本国宝级珍珠品牌 MIKIMOTO（御本木）的创始人御木本幸吉。

虽然人工养殖的珍珠不及天然珍珠珍贵，但这种方法却可以大量出产品质上乘的珍珠。

为什么同样是人工养殖的珍珠，价格还会有很大差异呢？当然是因为品质不同。一般说来，珍珠的品质高低主要由三个指标来衡量：大小、瑕疵、皮光。也就是说尺寸越大，瑕疵越少，皮光越亮的珍珠价格就越高，反之就越低。所以我们在市场上会见到从几万元到几百万元品质各异的珍珠。

人工养殖珍珠技术可以说是一项伟大的发明，让我们不必成为女王就可以拥有珍宝。珍珠的神奇之处在于百搭：平时上班，无论是穿白衬衫还是小西装，只要配上小小的一对珍珠耳钉，就能立即提升精致度；出席正式活动时，稍微大颗的珍珠项链永远是小黑裙最完美的搭档。

别小看这一颗小小的珍珠，你和优雅之间可能只差这一点距离。

小知识

最常见的珍珠有海水珍珠和淡水珍珠两类，也就是在海水里或者在湖水等淡水里养殖的珍珠。

珍珠之所以有不同的大小、颜色、品种，主要是因为孕育珍珠的贝类品种不同。母贝的个头越大，出产的珍珠也就越大，而珍珠的颜色也与母贝的品种和生长环境相关。

颇受欢迎的南洋珠是南太平洋里一种大型蝶贝出产的珍珠。

白色蝶贝会孕育出白色的南洋珠，也是我平日最喜欢佩戴的一种珍珠，显得人肤色白皙干净；

金唇贝会孕育南洋金珠，颜色越金黄越难得。因为中国人特别喜欢金色，所以金珠在国内很受欢迎；

黑珍珠经常被称为“大溪地黑珍珠”，因为它是由大溪地海域的黑蝶贝孕育的。但这种珍珠本身不是黑色的，而是呈现出一种深邃的孔雀绿，给人高级而神秘的感觉。

以前南洋珠在香港有个别号“半山珠”，因为据说住在香港半山富人区的女人，每个都有一套品质上乘的南洋珠。

现在很时髦的 Akoya（马氏贝），其实是一种贝类的名字，多产自日本近海，而它孕育的珍珠被称为 Akoya 珍珠，是日本的特产。

和南洋珠很不同，Akoya 珍珠的个头没有那么大，大部分直径在 5 到 7 毫米之间，8 毫米以上的就已很少见了，跟动辄直径 10 毫米以上的南洋珠没法比。

但“一方水土养一方珠”，Akoya 珍珠虽然个头不大，却因为日本海域的水温更低，珍珠质的密度更高，皮光也更出色。就像温婉的东方女子，Akoya 珍珠的魅力来自它微妙的淡粉、银白和奶油色的光晕，形状也更加圆润。

当然不是所有的珍珠都可以被做成珠宝，只有其中品质顶级的才能进入珠宝店。只有 10% 的 Akoya 珍珠能成为花珠，而花珠里最好的被称为“天女珠”，是 Akoya 珍珠中的极品。

Akoya 珍珠体积比较小，少了一份雍容华贵，却多了一份灵动和活泼，所以近两年随着珠宝佩戴渐趋日常化的，Akoya 珍珠成了很多珠宝设计师喜欢的材料，也被设计得越来越时髦，年轻女孩佩戴起来毫不费力。

年龄渐长，美丽渐长

我们可以变得更美好，这是岁月和年龄都无法阻止的

整理家务的时候，经常会翻出能把自己吓一跳的照片，有时都不敢相信那上面又胖又土的人是自己。比如我 30 岁出头时的照片——差不多是在 10 年之前拍摄的，第一个孩子还不到 1 岁，我的脸上满满都是胶原蛋白，但那时候除了年轻，也没有别的优点了：我梳着极不适合自己的发型，戴着当时很流行却不适合我脸型的耳环，至少比现在重 10 斤，衣品也不怎么样……让我再做回那时的自己？No, no, no（不，不，不）。

现在大家夸人时特别爱用一个词：逆生长。无论是对“霸屏”快 20 年的女明星，还是生活中的好姐妹，这都是最

高等级的评价。到了如今的年龄，我已不再对年轻漂亮的女孩羡慕嫉妒恨，但是看到有的女人明明一把年纪，却依然保有姣好的容貌、健美的体态、充沛的精力，仍会心生向往。

年轻是美好的，遗憾的是，我们年轻时却往往对它不以为意，而随着青春在岁月中渐渐消逝，我们对美好的渴望却越来越强烈。虽然现在有很多微整形技术，可以让皱纹消逝，让胶原蛋白依然丰盈，但我们知道，那不是真正的青春，真正的青春是永远都回不来了。

然而，我们虽然无法变得更年轻，却可以变得更美好。这与岁月和年龄无关，而是跟成长有关。如果你发现一个人虽已不再年轻，却越来越好看，那一定是她的内心在不断成长着。

衣品越来越好，是明白了真正的自己

每个女孩都有追逐流行的年纪，无论你生在什么年代，年轻时大概都喜欢穿最时髦的“潮服”，觉得那才是最美的。那时的你我追求最新、最时髦、最流行的款式，不断变化着自己裙子的长短、裤腿的宽窄、头发的颜色、唇色的深浅……一如今天的年轻人。多年以后再看，每张照片上都写满了时代的痕迹，而不是“自我”的痕迹。

年轻最大的好处就是可以尝试和犯错，即便穿了最不适合自己的衣衫，也因为青春无敌不至于太难看。而人到中年，在潮流中翻滚了这么久，如果还穿着不适合自己的衣服，就真的很难看了。

也许你听说过很多关于中年以后的着装建议，但我觉得它们基本不值一听，因为你就是你，不是别人，你只需认清现在的你，穿上最适合自己的衣裙，不用在乎花色、长短、是否流行，只要是能让你变得更好看的都是好衣服。你希望自己在别人眼中的形象是怎样的？是优雅的、知性的？还是性感的、美艳的？这些都可以作为挑选衣服的基本准则，然后在这种风格里追求最好看的搭配。

怎样才是好看的？说简单点儿，就是剪裁和款式能修饰你身材的不足，凸显你最美的部位，色彩能让你的脸色看起来生动明朗而不是暗淡无光，面料质地适合你今天的身份、气质和生活方式。

从我第一次用自己的薪水买衣服，到现在已经过了十几二十年。用时间和金钱累积出来的经验足以让我们拥有辨别力，但为什么有时候还会买错穿错？也许是忘了自己也在变化，适合昨天的不一定适合今日的你。定时清理衣橱非常重要，不合适的衣服要赶紧清除，才能给对的衣服留出空间。有时我们还会受到“流行”的蛊惑，但冒险尝试并不适合自己的新风格，或许已不再是一个好主意。

真正了解自己，才能穿出美好。人到中年，这应该成为我们的优势。

好看的身姿，是修炼出来的，不是年龄赠予的

有一次看到一档谈话节目，几个阅人无数的文化界老男人总结女人看起来年轻的秘密，不是脸上没有皱纹，而是“身体侧面看起来很薄”。这话虽然轻薄，却不无道理。优美的身体并不是年轻人的专属，需要用时间和汗水打磨。在生活中，随处可见弯腰驼背脂肪肥厚的年轻人，而在我经常健身的工作室里，身材姣好体态挺拔的妈妈比比皆是。美好的身姿绝对是女人更加珍惜自己的回报。

10年前我生完第一个娃，体重增长了15斤，用了将近3年的时间才减掉。我尝试了许多办法，事实却证明，没有一种迅速减肥的方法是不会让体重反弹的。还是最近5年的健康饮食、规律健身，让我拥有了比年轻时更轻的体重和更低的体脂比率。42岁生完第二个孩子，宝贝刚过百天，我的体重已经恢复到了孕前水平，体脂率与出月子时相比下降了4个百分点，这绝对跟我多年的运动习惯，以及孕期和产后的恢复运动有很大关系。没错，岁月会在身体上留下痕迹，但是留下什么样的痕迹全凭你自己做主。身体不再年轻，但它可以变得更美好。

美丽的脸庞，不仅仅来自胶原蛋白

自从我信任的营养师告诉我口服胶原蛋白基本只相当于心理安慰剂之后，我彻底打消了依靠外部力量让自己看起来更年轻的念头。美并不等于年轻，我现在不是什么大美女，却真的比20年前看起来顺眼得多。

你当然会老，皮肤不再紧绷，眼角也有了细细的皱纹，但这不会阻碍你变得更好看。选择适合自己的发型，可以修饰出更好看的脸型。不染烫折腾自己的头发，选择高品质的护发产品，定期护理，一头有光泽的健康秀发绝对会让你看起来更加光芒四射。我从小发质就不是很好，年轻的时候不停烫染，头发就越发糟糕。现在我已经有六七年没有染烫头发，发际线后退不明显，在同龄人里也算有一头如云秀发了。

不补充胶原蛋白，不是说要忽略保养，只是不要再玩命使用昂贵的护肤品，或者每天吃一盏燕窝，而是要保持良好的护肤习惯。最重要的就是要洗干净脸，做好保湿和防晒。洗干净脸能让护肤品更贴合皮肤，保湿能让皮肤充满水分，延缓细纹生长，更加细腻，而阳光给皮肤带来的老化程度远远高于时间带来的，所以防晒绝对是延缓衰老的重中之重。

当然，现在还有很多技术和仪器可以帮我们改善皮肤状态，在确认没有副作用后，都是可以尝试的。

最后，我们还有化妆这个秘密武器。好的妆容能体现出一种认真生活的态度，认真的女人都是美的。浓妆还是淡抹，也要根据个人风格和具体场合而定。对于我而言，日常的妆面趋于干净简单，人看起来会更显清新自然。但是出席一些重要的活动时，红唇依然是不二之选。化妆的确是个人的事，但也是维持体面、精致的中年不可缺少的手段。

最重要的是，一张依然动人的脸庞和笑容背后，一定有一颗坚定且不断成长的心，所有的美都来自那里，来自你对美的追求。

我们无法变得年轻，也不能让时光倒流，但依然可以在追求美好的道路上，越战越勇。

健身绝不只是跑步和撸铁

到现在为止，我已经坚持健身 7 年了，怀二胎时整个孕期内也未曾停止，一直坚持到了入院的前三天。多年健身打下的底子让我在产后 50 天就恢复了锻炼，3 个月就恢复了原来的体重，体脂比率也降了下来。

这些年我在朋友圈、公众号里分享了很多关于健身和健康饮食的信息，也看到越来越多的朋友加入了健身的行列。身体和心理的变化只有亲身体验过才能知道其中的奥妙。大家总是说“读了很多书，但仍过不好这一生”，很多人看了再多的健身分享心得却仍然不能迈开腿、管住嘴。行动，行动，行动！只有开始行动，哪怕只迈出小小的一步，未来都有无限的可能。早一天开始，未来就会少一点儿遗憾。

这6年多的时间里，我对健身也是从一无所知开始逐步进阶，经过了不断的摸索和实践，这两年才慢慢探索到了健身的真谛。看着很多朋友已经开始锻炼，为了让大家少走些弯路，我把我的健身历程和体会统统在此分享。愿大家能在一开始就明白什么方式才是最正确的，不浪费时间，也不因为错误的运动方式受到更多的伤害。

初级阶段：懵懂地减脂

我一直不喜欢枯燥的健身方式。2012年底我打算开始健身的那段时期，跑步也在人群中慢慢流行起来，马拉松比赛虽然没有今天的声势浩大，但在小圈子里的热度已经开始萌芽。可是我真的不喜欢跑步，不管是在跑步机上还是在户外，而“跑步”几乎是所有人眼中的基本运动。

正当我因为不喜欢跑步而不知道如何开始有效锻炼的时候，我多年前认识的一位健身教练说，他在我们公司附近开了一家拳击健身工作室，邀请我去看看。才试听了一次课，我就被这种特别带劲儿又不枯燥的训练方式迷住了。7 年前，这种运动还相当小众，不像如今，几乎所有的健身房里都开设了类似的课程。

当年的训练教程是教练自己研发的，结合了 TRX（全身抗阻力锻炼）、拳击基本训练、小器械肌肉训练，可以在一个小时内把训练心肺功能的有氧健身和训练肌肉的无氧健身结合在一起。那时我的首要目的是减脂，所以立刻开始了这种过瘾又有效的运动。

当时我每周训练三次，一次一个小时，能够消耗 800 千卡的热量。配合一定的合理饮食，减掉脂肪的目的其实是不难达成的。那个时候我比较追求减重，打拳也确实可以让后背、腰腹、大臂很快瘦下来，但我还是觉得海报里那些模特的漂亮肌肉距离我很遥远。

中级阶段：沉迷肌肉不能自拔

看到脂肪慢慢减少，体重秤上的数字越来越顺眼，我却发现单纯减重是没有办法让身材好起来的，所以开始慢慢关注如何让身体更有线条感。我想要那种非常紧致的肌肉，梦想着从来都是肉肉的肚子可以练出明显的腹肌。

我和教练商定了新的健身计划，在打拳和快走的基础上增加了更多有针对性的肌肉训练。很多人看到我分享的健身照片，担心我会把胳膊练得过粗。实际上这种担心纯属多余，因为要练出肌肉真的好难，不仅要保证训练量，更要在饮食上配合大量蛋白质的摄入，而且一旦松懈，肌肉就会流失。减体重容易，长肌肉难呀！

经过了一年多的坚持，保证每周三次的训练量，严格控制饮食，我终于迎来了今生从未有过的马甲线！胳膊的线条也越来越明显。这个阶段我沉浸在肌肉带来的美妙感受中，也了解了很多关于健身的知识和技巧，觉得今后只需要按照这个方法练下去就可以拥有美好的身材。

高级阶段：终于明白了什么是真正的健身

直到我因为再次怀孕开始寻找能够指导孕期锻炼的工作

室，并开始重新认知人体与健身，才发现我原来痴迷于减重和练肌肉的想法是多么肤浅，离真正了解身体还差得太远。

在孕期和产后有针对性的训练中，我才开始认真学习了身体的结构，了解了身体产生问题、出现疼痛的真正原因。脱离的体态、骨骼的位置、表层与深层肌肉的运作方式、筋膜的功用等等这些和身体健康真正相关的概念，只追求体重和肌肉线条根本就是舍本逐末。这也解释了为什么很多人虽然瘦，或者拥有漂亮的马甲线，但依然不是一个健美的人，依然会有脊柱侧弯、骨盆前倾、肩膀高低不一致、肩颈疼痛、肋骨外翻等身体问题。而这些问题长期不解决就会导致我们被骨骼保护的内脏器官出现问题。

比减重和训练肌肉更核心的是体态问题。所以，我现在选择了把康复训练、普拉提结合在一起的健身训练，用更精准的方式，把骨骼调整到正确的位置，让身体从未被唤醒的深层肌肉运动起来，将前面 40 年不正确体态导致的身体问题通过健身训练彻底解决，这才是健身运动的关键。

健身，没有开始就要立即开始，只要开始了就是一辈子的事。选对正确的方式，在运动的路上不断学习。愿我们都能善待一直陪伴我们的身体。

大家总是说“读了很多书，但仍过不好这一生”，很多人看了再多的健身分享心得却仍然不能迈开腿、管住嘴。行动，行动，行动！只有开始行动，哪怕只迈出小小的一步，未来都有无限的可能。

我是如何吃瘦的

为什么女人最能对自己下狠手?

为了美和瘦。

平时看起来再娇气柔弱的女生，为了这两件事，多难忍的疼都能忍，多不靠谱的减肥方式都愿意去尝试。有人明明读过很多书，却宁愿相信各路网红产品的夸大功效，也不愿意去健身房运动。其实她们心里都跟明镜似的，知道只要管住嘴迈开腿就能拥有健康和苗条，却总想着一劳永逸。

闺蜜圈里每隔一阵子就会流行起一种减肥食谱，什么哥本哈根减肥法、苹果减肥法、吃肉减肥法、代餐饮品减肥法、去除一切糖分和碳水化合物的减肥法……花样百出，大家趋之若鹜，因为这些减肥法都有一个特别吸引人的地方：只要××天就能瘦××斤！是啊，这么快就能见效，只要忍过几天我就能瘦下来，为什么不试一试?

可是真的有人认真研究过这些减肥法的科学性吗？短时间内用极端方式瘦下来时，是否想过你的健康正在被快速损伤？而且最糟糕的是，一旦你恢复正常饮食，体重又会很快反弹，既损伤了健康，也没有达到效果。

我之前也尝试过各种极端的饮食方法，但咨询权威的营养师后，我发现任何一种短期迅速减肥的方法都是在损伤身体。人体像件极其精密的仪器，缺少任何微量元素和营养，都会造成某一个器官的不正常运转，看似瘦了下来，却付出了健康的代价。而这些是减肥秘方不会告诉你的。

所有违反常规的事，都是要付出代价的，这一点放诸四海皆准。

健康饮食是一种习惯，不需要饿肚子，更不需要完全戒掉某一类正常的食物，只有均衡的、适量的饮食，才能让你的体重永远不反弹。我尝试过健身、孕期和产后的健康食谱，亲身经历告诉我，怎样才能正确地吃、健康地瘦。

不想讲太多营养学的原理，也不想讲大道理，我只想分享一下自己的饮食习惯和心得：

- 尽量不吃油炸食品，特别是经过油炸的淀粉含量高的食品，例如薯条。
- 蛋，肉、海鲜、豆类都要吃，因为它们富含蛋白质，对人体非常重要。
- 尽量少喝汤。
- 吃猪蹄补胶原蛋白作用并不明显，猪蹄中的脂肪只能让你发胖。
- 油是可以换着吃的。在所有的植物油里，橄榄油、菜籽油相对健康，动物油当然要少吃。
- 人一定要吃主食，必须保证足够的糖分，足够的碳水化合物摄入量。但是精米、精面里面的营养成分因为过度加工已经被消耗了很多，反而含糖量很高。

所以可以将全麦面包和各种粗粮，例如黑米、藜麦、小米、黑豆等等当作主食。（这一点超级重要！）

- 并不是标签上写着“全麦”的就是全麦面包，后者的全麦粉含量必须超过 30%。购买时请先看成分配料表。
- 奶可以喝，但最好喝脱脂的，口感虽然稍微差一点儿，但热量有很大不同。选择酸奶和加奶的咖啡时也请选择脱脂的。要知道一杯脱脂奶拿铁比全脂奶拿铁少 100 卡路里的热量。
- 水果要吃，但是一个正常人一天需要的水果量只有一到两个拳头那么大。无论吃什么水果，都要控制在这个量以内，超过了就会摄入多余的糖分。
- 最好不要喝果汁，要吃原始的水果。因为水果里有一种很重要的营养物质纤维素，而榨出的果汁里并不含有，喝进去的只是大量的糖分。
- 对健康有益的坚果也是好东西，但是一天只能吃一小把，大概十几颗。最好吃原味的，加了大量调味料的不好。
- 蛋糕、零食最好不吃或少吃，最重要的原因是它们含有反式脂肪酸，会损伤身体。如果非要吃，请认真看成分表，一定要选择不含反式脂肪酸的。

你看，其实除了垃圾食品，什么都可以吃，只不过要用对方法，吃对食物，选对分量。当然，如果你还能迈开腿，就是瘦身界的赢家了。

所有违反常规的事，都是要付出代价的，这一点放诸四海皆准。

香水会透露你所有的秘密

可以说我是因为一瓶香水爱上我家先生的。

20 年前，中国男士中每天用香水的人真的不多，即便有用的也大多是比较常见的古龙水，没有什么特点。我第一次与先生偶遇，是在千禧年的夏天。那一天，他从我身边走过，我忽然闻到了一种非常特殊的香味，如果让我用语言来描述，那就是一种男性荷尔蒙混杂着热烈阳光的味道。

什么是阳光的味道？我也说不清，但是在那个瞬间，我感觉到了温暖而强烈的光，在我脑海中闪现。

而这瓶香水，奠定了他在我心中的最初印象：沉稳，充满男性魅力，与众不同。

后来，我知道了这款香水的名字，是1995年Burberry（博柏利）推出的老款伦敦男士香水。我研究了它的香调和官方给出的香味描述，果然和最初的感觉如出一辙。后来他换了很多不同品牌和风格的香水，但每当我想起我们第一次见面的情景，依旧能闻到那种香味，好像它帮我构成了记忆里完整的那个人。

所以，香水是很私人的物品，能完全暴露一个人的性格、喜好，以及生活的细节。而一个人用香水的历史，也就是他的成长史，从少年时的迷惘、人云亦云，到慢慢寻找兴趣喜好，最后找到真正的自我。

我的第一瓶香水是白瓶的CK ONE。这是20世纪90年代一款非常有时代特色的香水。它是一款中性香水，男女皆可使用。它以两性亲密共享、摆脱社会束缚为理念，使用简约但精致的可回收玻璃包装，以及可再生环保纸，清晰地表达出年轻一代对世界的态度，一经推出就颠覆了传统理念中香水华丽的形象，收获了世界各地年轻人的喜爱。

当时18岁的我，心中住着一个仗剑走四方的少年，非常排斥过于女性化的香味，因而中意这款清冽明朗的中性香水。每次出门前用上两滴，都觉得自己可以去改变世界。

20多岁大学毕业后步入职场，那种小男孩式的叛逆香味显然已不再是我的菜。此时的我喜欢上了花果混合的香型，不喜欢一下子就能辨别出来的单一香调，比如玫瑰、苹果或香橙味，觉得过于直白。花果的混合香，让人一下子无法说清配方，只觉得香香甜甜的，很符合那时发现了自己女性魅力的我，故作神秘的心态。

I Love Dior（我爱迪奥）牛仔限量珍藏香水我用过好几瓶，很少和别人撞过香。那时候我傻傻地觉得自己很特别，很有型。“限量版”这三个字真的很有吸引力，大概是因为每个人都认为自己是独一无二的吧?

2003 年我住在英国，发现了 Jo Malone（祖 · 玛珑）的存在。

第一次踏进它淡奶色墙壁上镶着细黑装饰线的专卖店，我就被那种高级雅致的格调所吸引，也第一次见识到，一个香水品牌居然可以推出那么多香型，可以随意混搭。

最爱的时刻是购买一瓶香水后，看售货小姐将它装进精致的小盒子里，绑上挺括的黑丝带，完美地打出一个蝴蝶结，利落地将盒子装入素雅的手提袋内，衬上黑色的包装纸，最后再往袋内喷洒一点同品牌的香水，让整个袋子都弥漫着美好的香气……整个过程行云流水，光是看着都让人很是享受。快 30 岁的我，已开始成为真正成熟的女人，Jo Malone 的罗勒与橙花香水陪了我好多年。

最近 5 年，我几乎没再换过香水，因为与一款香水相遇后，就再也找不到替代品。这就是 Chloe（蔻依） 同名女士香水。不知道为什么，我觉得这款香水的味道非常适合现在的我，有一种相见恨晚之感。虽然它也以玫瑰香为基调，却并不过分直白，伴随着玫瑰花香气的还有醉人的玉兰、铃兰花香，以及杉木那若隐若现的暖琥珀色优雅香气。

女人味中有一种淡定的沉稳和迷人的自信，也许我把对自己的期许融入了这款香水之中。

很多人闻到我身上的香气都会说："这款香水好特别，但是非常像你。"每次听到这句话，我心中都有一种遇到知己的暗喜。

买香水的 level（水平）可以不断进阶，除了我们熟知的美妆大牌，还有很多定制款及小众奢华的香水品牌。如果去欧洲，有一些调香沙龙会提供私人香水定制服务，根据你的喜好和气质定制出一款独属于你的香水，这样就更加不会与别人撞香了。

使用香水就是在人和人之间寻找不可言说的契合点，而那个点在哪里只能凭直觉感知。即便是同一种香，用在不同人的身体上，散发出来的味道也不尽相同。"闻香识女人"绝对是非常有道理的，哪怕你们只是第一次遇见，或者你只是在人群中与她擦肩而过，但只需闻到她身上散发的香气，你便可以大概感知她的风格特征。

香水里面暗藏着一个人的学识、气质、喜好和素养。

香水是很私人的物品，能完全暴露一个人的性格、喜好，以及生活的细节。而一个人用香水的历史，也就是他的成长史，从少年时的迷惘、人云亦云，到慢慢寻找兴趣喜好，最后找到真正的自我。

时间都藏在了手表里

因为工作的关系，除了珠宝之外，我还一直钟爱着另一种单品，它也是我送给亲朋挚爱的首选礼物——手表。

好多人都说，如今手机能看时间，还会有人戴表吗？有的，而且很多。因为戴表不仅仅是为了看时间。当你的一代代 iPhone（苹果手机）陆续坏掉，手表却仍在记录着你流逝的精彩岁月。手机总是大同小异，手表却各有有趣的灵魂。

这么多年，我送过很多礼物给老公，但令我们两个都记忆犹新的，是我送他的第一块腕表。

19 年以前的他是个对生活很讲究的男人，吃穿用度都有着自己的标准，但让我觉得奇怪的是，我从没见他戴过手表。

于是，我决定在他生日那天送他一块表。

其实那时候我很穷，但我仍想送他一块我心目中的好手表。当时北京的大型商场不多，我记得自己坐了好久的车才从亚运村附近来到了西单商场。那天下着秋雨，特别冷，从车站出来，冲进商场，我全身都淋湿了。我围着当时特别洋气的 “英皇钟表”柜台上看了好久，最终选择了一枚高级灰表盘大三针的天梭表，花光了我工资卡里所有的积蓄。

记得他生日那天，我们两个约好一起吃饭，我在送出礼物之前，给他讲了一部电影里关于手表的故事。那是陈冲导演的一部美国电影《纽约的秋天》，由理察·基尔和薇诺娜·瑞德主演。女主角得了绝症，热恋中的她从所爱之人的手腕上摘走了手表，要他送给自己做礼物。她戴着这块表，和他度过了一段非常美好的时光。当她得知自己病情恶化、时日无多后，又将这块表包好还给了爱人。她说，手表就是时间，她当初拿走了他的手表，就是要走了他和她在一起的时间。如今她就要离去，于是把未来的时间还给他……

讲完故事，我拿出了送给他的手表，对他说：我送你一块表，因为我想把我未来的时间都送给你。

现在想起来，还是觉得那场景很煽情。

可能是因为这个桥段吧，我从此以后都特别喜欢手表，后来也买过手表送妈妈、送朋友、送自己，觉得手表就是一种特别有情感意义的存在。

我送给自己的第一块好一点儿的手表来自积家久负盛名的 Reverso（翻转）系列，一眨眼也差不多是 10 年前的事了。记得那时去巴黎出差，赶上我的生日，心仪这款特别有趣、可以两面翻转的机械表很久了，它一面的表盘简洁大方，另一面有点儿小华丽，可以搭配不同的衣服，是很多职场女性的心头好。在巴黎人手价格很划算，我还因为购买这块表第一次进了“巴黎春天”的贵宾室，喝着香槟刷卡好像也没那么心疼了，这也是法国人研究出来的销售手段吧？如这块表虽然已不太常戴，但仍然是我最喜欢的。Reverso 系列其实有很多优秀的设计款式，从入门级别的钢表到金表再到功能复杂的高级手表，应有尽有。我不是富豪，不可能买进所有的款式，但还是希望不定期来个小小的“升级”。

现在我最常戴的是 Chanel（香奈儿）J12 的白色精密陶瓷表，因为它实在是太百搭了！我穿衣服比较素，黑白灰是常态，除了出席一些晚宴或酒会，无论春夏秋冬，衬衫、T 恤，或是皮衣、西装，都可以与它完美搭配。如果按照佩戴天数均摊成本，每天佩戴这块表的费用只有 10 块钱。我特别喜欢纯色的表，就是通体只有一种颜色，尤其喜欢黑色和白色的。除了白瓷表，J12 的黑表也很好看，在基础款之外做了一些有趣的限量设计，听说经常会在几秒钟之内被抢光。

爱马仕 Cape Cod（科德角）每年都会推出不同颜色的手表，我特别喜欢纯白配上红色磨光饰边的款式。爱马仕的美学都体现在细节里，是无须多言的高级感。刚看到杂志上的广告我就决定买一块，因为它真的太好看了！

白色的伯爵表是几年前一个朋友送我的礼物，我也特别喜欢。它看起来是那么优雅内敛，特别适合搭配夏天穿的白色蕾丝裙。送表的那位朋友已经很久没见，但是每次戴上这块表我都会想起她。

自从过了 35 岁，我就突然迷恋上了金色，觉得好像只有金色才配得上日见成熟的头脑，让人有了性感的味道。因为经常要出席晚宴等比较正式的活动，需要一些小小的晚宴表，加上这两年特别迷恋古董珠宝，所以我一直想收一块古董晚装金表。前年在保利拍卖的预览图录上，我一眼看中了一款昆仑表，因为表带不能调，所以能不能戴上它全凭运气，结果我戴上刚刚合手。据说我是当天唯一戴得上这块表的人。后来它果然被我拍了下来，百看不厌。

世上漂亮的好东西太多了，表也是一样，买是买不完的。我不是什么专业的藏家，手表于我是情感的寄托也是装饰。有纪念，有期盼，有梦想，挺好。

她说，手表就是时间，她当初拿走了他的手表，就是要走了他和她在一起的时间。如今她就要离去，于是把未来的时间还给他……

讲完故事，我拿出了送给他的手表，对他说：我送你一块表，因为我想把我未来的时间都送给你。

4

你不是为了让别人满意而活

消费降级，生活升级

这些日子身边朋友们对钱的态度都不太乐观，有钱的不敢再大手大脚，没钱的更是小心翼翼捂紧了荷包……众多社会现象指向了一个传闻：经济不振，消费降级了！

周围到处都是纷纷扰扰的信息，很难有权威机构给我一个客观公正的结论，但朋友们对经济大环境缺乏信心倒是真的。

其实，无论经济形势好坏与否，消费降不降级，对待生活，都不可以苟且度日。消费降级不等于品位降级，更不等于态度降级。因为生活中的每一天对你的生命来说都是同样重要的，不能让经济的高潮与低潮决定你生活的高潮与低潮。

钱与品位，钱与态度，钱与美，从来都不是一回事。

我刚工作没两年时，月薪也只有几千块。20年前的中国，奢侈品牌还很少见，大街上也很少有人背名牌包包，能买得起名表、高档珠宝的人更是凤毛麟角。但是时尚杂志已经出现，关于时尚的电视节目每周也会播出，它们为当时的我提供了最早的穿搭启蒙。

虽然那时我没有什么钱，但我还是买了很多不同款式的包，以及几块不同颜色式样的表，首饰也是我的心头爱，杂七杂八攒了很多。虽然包没有一个是名牌，大多是从小店里淘来的，表也只是不同型号的斯沃奇，但每天出门前，我都会用心地将它们根据颜色搭配。对年轻的我来说，这无关虚荣，只是对美的向往，对体面的基本追求。

就在那个时候，一个偶然的机会，我遇到了一个理想中的男人，不久以后他就成了我的先生。后来我问他，样貌普通的我到底是哪里吸引了他？他的一句话让我至今印象深刻："你是我认识的人里，唯一一个每天都会根据着装更换手表、首饰和包的女生。这很特别。我觉得你对待自己和生活都非常认真。"

你怎么对待生活，生活就怎么对待你，这真的非常公平。

在面试新人的时候我一般也会注意观察应聘者的衣着，不是看她是否穿着华丽或者一身大牌，而是看她有没有精心打扮、认真搭配，这可以让我从某个角度判断出她有没有认真对待这场面试。我不相信一个连自己的外表都不认真打理的人，会认真对待这份工作。

就算现在真的到了"消费降级"的时期，我们也要更加清醒地认知，什么是要"降"的，什么是不能 "降"的。人云亦云一窝蜂，从来都不是理智的行为。

对我来说，食品消费是不能降级的，因为这关乎自己和家人的健康，一定要选择最好的。但是外出吃饭的频率可以降低，增加在家中吃饭的频率既健康省钱，也更易营造良好的家庭气氛。

孩子的教育是不能降级的。不是说要花钱给孩子报更多的课外班，而是要保证他们拥有选择的自由，可以在喜欢的事情上投入时间和精力，有更多读万卷书、行万里路的机会。这当然需要足够的经济支撑。但是，在衣着上，我不会给他们买昂贵的名牌。我有信心培养他们的品位，而品位高低与衣服的价钱并没有直接关系。

健身锻炼不能降级。虽然自己跑跑步，跟着健身 App（应用）练一练也是可以的，但是 7 年的健身经验告诉我，锻炼时有专业人士指导是多么重要。为了更有效正确地锻炼，我宁愿少吃点“保养品”，把钱花在更值得的地方。如何鉴别“保养品”？建议少看网红小姐姐的推荐，认真看看科普读物，听取权威营养师的建议，你就会少花很多冤枉钱。

护肤品也是一样的。如果你了解了护肤背后的科学原理，知道护肤品到底对皮肤有什么帮助，哪些钱是花在了真正的护肤成分上，哪些钱是花在了品牌概念和人云亦云的盲从上，你就会知道少买那些没有实质作用的护肤品，不是消费降级，而是智商升级。你少花了钱，但是并没有亏待你的脸。

买，不是浪费钱，买错才是浪费钱。随着对自己喜好、风格的了解越发清晰，只买为自己形象加分的衣服、配饰，这不是浪费。因为它们总可以和你衣橱里的单品搭配起来，而不会被买后闲置——除了占据你的生活空间之外，毫无用处。那些一时冲动买下来的不适合自己的东西，不管多便宜，都是不值得的。最美的自己，是用心打造出来的，而不是依靠盲目的“买买买”。

努力赚钱，理智花钱，认真生活，无论什么时候，你都可以过得很好。

食品消费是不能降级的。

孩子的教育是不能降级的。

健身锻炼不能降级。

护肤品也是一样的。

你只是不肯用尽心机

经常听到有人调侃：自古真情无人问，只有套路得人心。其实那些谁都会用的套路才是稀松平常之物，而我们只会记得特别的东西、特别的时刻、特别的人。那些用心制造出来的惊喜，构成了我们平淡生活中最常被记起的瞬间。无论是情场还是职场，只有真正走了心，做出了超乎别人想象的事，才能在芸芸众生中出类拔萃，进而被人看见，不容忽视。

别人做一步，你要做三步

13 年前，我身为一个对时尚一无所知的新人，顺利走进了如日中天的《时尚芭莎》，靠的就是这一招。当时入行比现在要难，因为你并没有机会从实习生做起，只能靠面试笔试和做稿子展现自己，能行就上，不行就再也没有机会。

我的笔试内容是做 8 页关于腰带流行趋势的专题策划，可是一天杂志也没做过的我根本不知道什么是选题策划，周围也并没有人可以去问。我该怎么交出一份合格的策划方案呢？完全不知道。

当我翻着手里的杂志，一筹莫展时，我突然想到，虽然我不知道主编要的“选题策划”是什么，但它最终是要被做成杂志版面的，对吧？那好，我跳过策划描述，直接做成杂志版面好了。

我用了两天的时间，查资料、挑选图片、修图、写配文，再用排版软件把 8 页内容按照杂志规格统统排好，连栏头的角标都扫描了下来，再按模版贴好。然后我找到了当时最好的彩色激光打印机，将页面精心打印出来进行装订。这 8 个版面可以直接放到任何一本杂志里。当我把这份试题快递到主编的办公桌上时，她立刻给我打来了电话：恭喜你，你被录用了。

后来我才知道，别人交上去的选题策划都是一页纸的选题思路，这么多年，还是第一次有笔试者在这么短的时间内超越要求，直接做好了图文版式交给主编，而这个笔试者居然没有做过一天时尚编辑。这份惊喜让她即刻录用了我。

极致的走心才会打动人心

做时尚主编 10 年，接触了很多国际一线的大品牌，从中学到了很多做事的方法，它们对用户极致体验的追求可以说已经到了精益求精的地步。但是这么多年来，在与品牌方的接触中，令我印象最为深刻的，不是坐着对方的直升机俯瞰纽约城，也不是坐着他们的游艇畅游地中海，而是一桶鸡汤。

有一次我被邀请至美国华盛顿，参加一个高级珠宝设计师品牌的活动。这位设计师叫 Cindy Chao（辛迪 · 赵），已跻身世界最顶尖珠宝设计师之列，作品被很多大型博物馆收藏，极致的用心使她的每一件作品都成了令人叹为观止的艺术品。

那次行程被安排得非常紧张，在华盛顿停留 48 小时后就要飞回北京。天气非常寒冷，华盛顿下着湿冷的雨夹雪，北京也处在一年中最冷的时候。

在美国期间我一直被时差困扰不能睡觉，非常疲惫。当飞机在北京落地时，品牌方已经派了司机接机——这很平常，大多数品牌方都会安排接机。此时飞了十几个小时的我只是想快点坐车回家睡一觉，可是司机并没有按惯例接过我的箱子，而是把一个保温桶递到我眼前："这是赵小姐特别为您订好的鸡汤，这一路太辛苦了，天气冷，先喝点鸡汤暖暖！"

哦，天！亲老公也没对我这样好过啊！永远比你想象的更周到，这样的人不成功才怪呢！

还有一个案例。我有一个美女朋友，从少女时就开始收礼物收到手软。但是她最后嫁的人却不是追求者中最帅、最有钱、条件最好的那个。

那个男孩当时是她的朋友，但他们不是男女朋友，在相隔几千公里的不同城市上大学。有一年她过生日，请了很多同学在家里开派对，礼物摆了一屋子。他打电话给她，祝她生日快乐，顺便提到她最爱吃的一种北方特有的梨到了成熟的季节，如果她想吃就帮她买点寄过来。“想吃啊，现在能吃上就好了！当然，如果你能来我的生日派对就更好了。”她开玩笑说。

正说着，门铃响了。女孩打开门，门外是他和身后的20箱梨。

走心地做事，创造不可能，是唯一秘籍。

那些用心制造出来的惊喜，构成了我们平淡生活中最常被记起的瞬间。无论是情场还是职场，只有真正走了心，做出了超乎别人想象的事，才能在芸芸众生中出类拔萃，进而被人看见，不容忽视。

到底该什么时候生小孩

单身的被催结婚，已婚的被催生娃，这是所有年轻人都要经历的事。一边是父母亲戚催得理所应当，另一边被催的却不肯妥协，其实这不仅仅是两代人的问题，更是两种价值观的猛烈碰撞。

父母的思路很容易理解：你成家立业就了却了我们一桩心事，后半生有人陪伴了；你赶快生娃，趁我们身体还好可以帮忙带啊。我们这都是为你好，你怎么不明白呢？

子女的反感更是有道理：我的人生是自己的，结不结婚，生不生娃不需要被别人安排，不需要像教科书一样过我的生活。现在连未婚母亲都可以给孩子上户口了，大部分父母还活在一成不变的传统思想之中。最重要的是，结婚生娃完全不能等同于生活幸福。我的生活你祝福就好，不要来干涉。

See（看），这就是鸡同鸭讲，不在一个逻辑里对话，谁也不能说服谁。好吧，我们不能说服父母，但我们要孝顺啊，所以不能跟他们争论，也不能和他们吵架，要心平气和、笑脸相迎。但是，自己的生活当然还是要自己说了算，谁也不能干涉，父母也不能。

结不结婚，什么时候结婚，当然要靠缘分。而什么时候生小孩，生几个小孩，貌似自己可以决定，却是一个更加复杂的问题。特别是职场里干得风生水起的女人，如何取舍工作和家庭生活就更加令人纠结。

有人说，要早点生，趁年轻身体恢复得快，老人身体也还硬朗，可以帮忙带孩子。生下了就完成任务了，可以没有后顾之忧地投入到职业追求中去。

而另一派的观点是：晚点生，先追求事业，有了经济基础，才能给孩子更好的生活。而且那时你在职场上已有所成就，成为一个不可替代的人，不容易因为生孩子而丢掉工作。

其实，到底是应该早生还是晚生根本就没有标准答案。

年轻时生孩子身材恢复得快？这当然不是绝对的，二十几岁生完孩子秒变大妈的人有的是，40 岁生完 3 胎，通过科学饮食与锻炼保持曼妙身材的人也有很多。

趁老人身体好让他们带，自己再去拼事业？凭什么中国的父母就要这么辛苦？一辈子带完儿子带孙子，带小孩的劳累可不是上了年纪的人吃得消的。生完孩子，年轻的父母不陪伴，不教育，对孩子的一生也会有非常不好的影响。

晚生孩子也的确有好处：做父母的更成熟，对孩子的教育更关注，也愿意将更多的时间花在家庭上；经济条件也多半会比年轻时好，孩子能有更大的房间，可以请阿姨好好照料。但是，我们的身体不等人啊，看看为了成功怀孕不停奔波于各大医院的人们，孩子不是你想生就随时生得了的。虽然科技已经进步，一切皆有可能，但是谁也不能否认自然的才是最好的。

说了这么多，到底什么时候生才是最好的选择?

真正合适的时机其实永远都只有一个：你自己真的准备好了，那就是最好的时候。自己的身体情况允许你在应对已有的生活工作之余再照顾一个孩子，你除了关注业绩、自我成长、爱人之外，还可以陪伴照顾一个小孩的成长，这就是合适的时候。

我生第一个孩子和第二个孩子相隔了9年，切身的感受是早生和晚生真的各有各的好，各有各的难，但这两个时间点都在我的计划之内，对我而言，这就是最好的安排。

所以生孩子的时间点，每个人都有自己的标准，完全与他人无关。有人二十几岁就已经准备好了，也有人40岁才想好，这都很正常，没有哪一个时间点比别的更优越。虽然从生理上说，二十几岁的人卵子质量更好，但是一个孩子优秀与否，绝不是一颗健康的卵子就能决定的，除了基因之外，还有从小到大家庭的教育和影响。

当然，到底要不要生孩子也是一个人的自由，没有好不好，对不对，归根结底都是个人的选择。要什么，舍弃什么，都应该自己说了算。毕竟，一个新生命的诞生和成长，以及自己的成长，都是你一个人需要面对的事，其余任何人都是局外人。

认知自我，是一切的前提

经常抱怨、喜欢自怨自艾的人，往往没什么朋友，生活也是一团糟，这是显而易见的事实。而我在工作和生活中经常会遇到一些积极努力的女性，她们为了达成自己的目标，可以说对自己特别“狠”，什么都豁得出去。

我认识一个姑娘，特别有才华，拿到了文学和艺术两个硕士学位，驾驭文字的能力让我羡慕不已。不到 30 岁，她已经出了两本还算畅销的书，一本是散文集一本是小说。她的模样虽然算不上漂亮，但也眉清目秀，有种很特别的文艺气质。但是，她并不因为拥有常人所不具备的天赐才华而感到快乐，因为她还没有交到心仪的男友，30 岁之前把自己嫁掉的愿望眼看就要泡汤。

接着，她做了一件让我出乎意料的事——瞒着家人和朋友，用一本书的版税去韩国整了容。整完容的她，眼睛是比原来大了许多，鼻子也垫高了，下巴尖了一些，算是挤进了美女的行列。但是，她原来那种欲语还休的迷人眼神却在开眼角后荡然无存。

我问她，疼吗？

她说：疼，但是想到自己能变成美女，顺利嫁掉，就都忍了。

然而，30 岁很快过去了，变成美女的她依然没有等来白马王子。她因为整容变美而获得的自信和欢愉，也随着时间的流逝慢慢冷却、消散。

我们看到的一切未必都是真的。在别人眼里，她有才华，不缺钱，有气质，只是脾气秉性有些孤傲和清冷。而在她的眼里，自己不够美，没有人爱，这就是最失败的人生。她并不知道，她交不到男朋友并不是因为她长得不美，而是她拒人千里之外的性格，和面对感情不肯轻易付出的内心。她在努力变美，但显然努力错了地方。

还有一个朋友，结婚多年生下两个孩子之后，婚姻变成鸡肋，觉得老公对自己不再关心。于是她在看了大量心灵鸡汤之后，下定决心减肥、美容、读书、再次出门工作，要把自己变成优秀的女人。

她更瘦了，更美了，更忙了，也在社会上拥有了一席之地，成了经济独立的精英女性。然而，她最看重的婚姻却依然以不可抵挡的速度分崩离析，老公并没有如愿重新爱上她。她不明白，自己到底做错了什么？不是已经改掉了以前那些不美好，重获新生了吗？为什么自己的付出并没有得到预期的回报？

原因在于：她所做的一切都并非源于真心，而只是解决婚姻问题的手段。但最核心的情感问题，她并没有真正面对，她所做的一切，对于出了问题的婚姻来说并不是真正的解药。

最让人悲伤的不是懒惰让你失败，而是努力之后仍然失败。

有时候不得不感叹，人是如此复杂，每个人从小到大的生活轨迹、心路历程、家庭环境又交织成了一个更加复杂的网络，影响着每个人的成长。特别是女孩，由于性别及社会因素的影响，总是比男人多了好多顾虑和无形的枷锁；总是有人告诉你，你该怎样，你不该怎样，什么样的人生对一个女人来说才是最好的。在这种环境下，想要成为一个身心健康，可以真正活出自己想要人生的女人，不是说说那么容易。

如果没有建立完整的自我认知体系，并以此作为面对生活的基础，就很容易陷入无数细枝末节的问题之中无法自拔。我们见到的那些非常强大的女人，不管是著书立说的名人，还是把生活过得热气腾腾的闺蜜，并不是她们比别人更优秀、更幸运，而是她们自我认知得更早、更通透。

认知自己的过程是艰难的，甚至是有些痛苦的，所以人们总想避开它。但结果就是：生活会给你一次又一次暴击，你却总是无法躲避。自我认知与现实中大家最为关心的职场规划、两性关系、亲子关系、形象管理等问题都有着非常密切直接的联系，离开自我认知，后面的一切都是空中楼阁，所有看似拼命的努力都未必能换来一个美好的人生。

解开生命的密码，找到那个真正的自己，才是我们每个人都值得用尽力气去做的事。

我才不要苦尽甘来

小时候总是被问：一盘葡萄必须全部吃完，那么，又甜又大的好葡萄和又小又酸的坏葡萄，你会先吃哪一种？

我总是回答先吃坏的，再吃好的，不是因为我真的这么想，而是这样的回答比较符合大人心中的标准答案——看，多好的孩子，这么小就懂得先苦后甜的道理。

当我们变成父母后，当年大人们的良苦用心，也就特别能够体谅了。谁都希望自己的孩子知道，先要付出辛苦的努力，才能拥有甜蜜的收获。谁也不希望自己的孩子变成好吃懒做、幻想天上掉馅饼的无用之人。其实，长大后经历了生活的我们都知道：苦未必会尽，甘也未必会来。我们也知道：人生中的确有好葡萄和坏葡萄同时存在，但你无法选择先吃哪个，因为葡萄们并不会按照你的意愿先后到来。

当我问 10 岁的儿子同样的问题时，他却说："为什么要吃不好的？我吃葡萄就是为了甜啊！如果必须都吃，那我还是混着吃吧，这颗是甜的，下一颗是酸的也没关系，因为下下颗或许又是甜的啦！"现在的小孩真是比我们小时候强多了，懂得换个角度看问题，并不关心所谓的"标准答案"。

是啊，生活从来也没有标准答案，所谓"苦尽甘来"在很多时候都只不过是人们心中的美好愿望。没有谁可以肯定地告诉你：付出就一定有收获，吃完苦就会迎来甜。为了一个所谓的 happy ending 就一定要经历漫长的痛苦吗？这或许不是生活唯一的选择……

近些年在职场中遇到了很多小朋友，他们的追求不是将来出人头地或赚大钱，而是更看重当下：我是不是做得开心？这种不顾未来只看当下的态度，虽然也造成了离职更快、离职率更高等问题，但换一个角度也说明了年轻人看待自己和生活的方式，和我们这群中年人真的不同了。

辩证来看，这种想法其实很有道理。当你做一件事时，只是盯着未来的成就，却不能在做事的同时得到乐趣，其实是很难得到那个所谓的美好未来的。

在当下的每一刻都愉悦，才是我们应该追求的。如果一个人可以在每一天的工作中得到乐趣，他就远比为了一个目标而忍受痛苦的人，更容易把事情做好，说得世俗一点儿，他也就更容易成功。

我不相信一个每天内心都充满痛苦的人会专注而高效地工作，也不相信每天都不能把事情做好的人会在未来收获他想要的一切。

而当下的乐趣，也分为很多种。也许就是单纯的喜欢，哪怕是别人眼中很枯燥的事，但因为喜欢，在你眼中便会妙趣横生。比如在故宫修文物，年复一年，在同样的地方，做同样的事，看似平淡、缓慢、远离名利，沉浸其中的人却觉得那是一个无比广阔美好的世界。没有人问未来，一切快乐都在细致入微的劳作之中。

有的乐趣则来自成就感。虽然并没有做出什么惊天动地改变世界的大事，没有闻名天下获得赞赏，只是做了一些让你觉得有价值的事，或许是对他人有所帮助，或许是你觉得自己所做的一切都具有意义。比如写作这件事，如果我不是真的喜欢，其实很难坚持下去，但每天在网络上收获的反馈，让我真实地感受着自己文字的价值。

在日常的工作学习中能体会到乐趣真是人生乐事，相反，如果你正在做的事是令你痛苦的，让你毫无快乐可言的，最好还是放弃，因为当下的每一天都十分珍贵，你没有那么多时间可以浪费在自己不喜欢的事情上。

有一种完美叫不完美

“完美”是个形容词，我们经常用它来形容自己心中所求：完美的人生，完美的生活，完美的爱情……虽然我们知道这世上没有什么完美，但也总会在心中勾勒出一种幻境，希望那种“好”是没有瑕疵的，如我们心中所愿。

每个人心中都曾有过一位男神或女神，成为我们年少时理想异性的完美化身。小的时候看《射雕英雄传》，觉得饰演黄蓉的翁美玲精灵古怪，真的好漂亮，那双大眼睛简直蕴藏着了千言万语。虽然个子不高，还有两颗兔牙，但这些“缺点”反而让她更显真实可爱。那是千篇一律的网红脸永远无法呈现出的动人。

都说林青霞是一百年才出一个的绝世大美女，但是年轻时过于消瘦的身材和棱角分明的脸庞曾让很多人觉得她少了几分女人味，甚至连她自己都曾经因为太瘦而有过自卑感。但正是她眉宇间的那股英气，才让徐克为她量身定造了经典角色，助她走上了演艺生涯的第二座巅峰——那个最美最特别的东方不败。

人不是因为完美才有魅力，而是因为有特色才充满了魅力。很多时候，裂缝中才能透出迷人的光芒。

我小时候是一个白白净净的小姑娘，虽然没有好看的五官，但因为皮肤特别白皙，还算是清秀可人。然而我却经常很挑剔地打量着镜子中的自己，自问为什么没有高高的额头、大大的眼睛和长长的睫毛。那个年代的小女孩儿有着单一的审美：只有宽宽的额头才是聪明的象征，只有双眼皮大眼睛才是美貌的标配。至于大家常常称赞的白皮肤，我自己却不以为意，觉得没有双眼皮，皮肤白也没有用处。长大一点儿后，我的单眼皮突然变成了双眼皮，但我却一点儿也高兴不起来，因为我发现自己的身高永远停留在了一米六，和梦想中的大长腿渐行渐远，……

人啊，眼睛永远只会盯着自己没有的东西。

我们这些普通人常常看自己不顺眼，觉得这里或那里不好看，在追求完美的路上永不停歇，这就是全世界那么多护肤化妆品牌能够存活的原因，甚至是医疗美容界发展的动力。后来发现各大明星，甚至是维密超模们都觉得自己有各种缺陷，我也就对自己释怀了，可以放下那些改变不了的事，正视自己身上的特色，毕竟后者才是我们真正与众不同的动人之处。

终于过了自己这一关，但等有了孩子以后，往往又会重蹈覆辙，把好不容易明白的人生真理抛在脑后。

虽然在怀胎十月的时候我们会对自己说：只要宝宝平安健康就好，别的都不重要。但孩子出生之后，我们却希望健康的他还能漂亮聪慧。孩子长大一点儿，就希望他学习好、体育好，最好再有点儿艺术才华，当然品德也不能差，三观要正，但不能太老实被人欺负，表达能力要好，要善于与人沟通，情商高，自主能力强，知识面广，孝顺懂事，有团队精神……

对孩子的期待不断膨胀，但实际情况是，如果你真的怀有这样的期待，那么在孩子的整个成长过程中，你一定会陷入焦虑与失望。

小时候我们都学过“短板理论”，就是说一只木桶能装多少水取决于它的短板，所以你要努力修整你的短板，把它变得和其他木板一样长。而现在，更多人开始强调“长板理论”：一个人不要总是放大自己的短处，要集中精力突出自己的优势，这样你才能拥有不可替代的作用和特点。

完美不可得，但特色可以锻造。人的一生就是跟各种不完美妥协，不断对自己和他人放下完美的期待。打造属于自己的魅力与特色，学会欣赏他人独有的生命之美，这样的人生才比较容易快乐。

从学渣到主编

我一直说自己是学渣，这一点毋庸置疑。

如果你见过我初高中的数理化成绩，一定会认为我是一个无可救药的笨学生，那么简单的题目都做不出来。特别是初中三年，我感觉自己一直在梦游，每天学数理化的时候，一半时间在纠结老师讲了什么，另一半在焦虑自己为什么学不明白。一天又一天过去，一转眼就要中考了。上学9年来，我学习的自信心几乎被一塌糊涂的中考成绩消磨殆尽。

在百般折磨中熬过了高一和高二，终于文理分了科，让我永久告别了化学和物理。虽然数学仍然考得一塌糊涂，但其他的几门文科成绩可以暂时不让我的平均分那么惨淡。说真的，那时候我甚至认为自己的智力有问题，为什么别人觉得简单的数学题在我看来都难于上青天？可是真想提高成绩，就只能从初中的基础知识补起，所以高三期间我的数学成绩毫无起色，只能拼尽力气在自己擅长的科目上搏一搏。

最终我靠着几门还算不错的文科成绩，考进了北京工商大学。在名校云集的北京，这个结果并不值得炫耀。但我还是很满足，如愿以偿读了一个很多人不屑但我很喜欢的专业。

这次高考最大的收获，就是我明白了两个很浅显却极为有用的道理：第一是人一定要在自己擅长的地方用劲儿，才能事半功倍；第二是人生好不好，其实是自己说了算的。这两个今天看来很浅显的道理，在当时能想明白却实属不易。这影响了我之后很多次的关键决定。

上大学之后，我觉得春天终于来了，学自己喜欢的专业，一切都有趣又简单。最最令我惊奇的是：我居然能学懂数学了！

因为读的是商科大学，所以整个学校不分专业都必须学习高等数学。作为数学学渣的我最开始真的被吓出了一身冷汗，仿佛刚出虎穴又入狼窝。但是，没有了高考的压力，秉着“及格万岁”的心态，我居然学会了微积分，而且全靠自学。

后来，我的线性代数和概率居然还考到了80多分。天啊，对于中学时代数学从没及过格的我来说，这真是生命的奇迹。好像忽如一夜春风来，千树万树梨花开，突然间一个愚笨的脑子开了窍。

这时我才明白，原来我并不是智商有问题，学不好数理化完全是因为我自己的心魔：我陷入了一种越学不好就越怕，越怕就越学不好的怪圈，并没有把精力完全用来解决问题，大部分时间都用来焦虑了。上了大学后，得失心没有了，焦虑也就没了，反而可以专注于学习本身。

由此，我又收获了一个道理：人生最大的障碍源于自己的内心。

我非常庆幸，自己在20岁之前，就从学渣的血泪史中明白了这三个道理。每当我遇到问题、糊里糊涂的时候，这三个道理就会出现在我眼前，给我指一条明路。

所以当我决定告别自己不喜欢的工作，拷问自己“你到底想要干什么”的时候，我沿着自己喜欢和擅长的方向思考，最终找到了时尚传媒行业。然后我不顾身边所有的障碍，捧起好多年没碰过的英文书，告别稳定舒适的生活和刚结婚不久的老公，跑去了陌生的英国读书。为了拿到只占5%的“优等”硕士学位，我这个学渣也算是拼尽了全力。

后来我又以30岁的“高龄”，领着极其微薄的薪水入职了《时尚芭莎》，不管这在别人眼里有多么冲动和疯狂，我都永远记得“人生好不好是由自己说了算”这个道理。

10年前《芭莎珠宝》创刊，开始做主编的时候，我只是一个刚在行业内工作了不到三年的“新人”，一个对珠宝一点儿都不懂的“小白”。但是，我没有心魔也没有包袱，不想成功或失败，也不想什么名和利。一天十几个小时只专注于工作本身，琢磨怎样拍好一张图，做好一个选题，准备好一个采访……当你的心里没有杂念，就会看到一个为你而来的单纯世界。

世上是没有奇迹的，更没有无缘无故的逆袭，一切都还要靠努力获得（当然也有运气）。学习绝不仅仅发生在学校，要永远在生活中不断学习。成功是学习，失败也是学习。虽然和同龄人中的学霸相比，我输在了起跑线上，但是作为学渣的我至今也还没有放弃，一把年纪还在继续努力，希望在跑到终点的时候，能有一个令自己满意的成绩。

人一定要在自己擅长的地方用劲儿，才能事半功倍；人生好不好，其实是自己说了算的。

人生最大的障碍源于自己的内心。

得到的和失去的，总是此消彼长

谁都有过想要变命运的时刻吧？只不过有些人付诸行动了，有些人没有；有些人靠自己，有些人靠别人。谁都曾无助过吧？有时因为孤独，有时因为无奈。很多人如此，包括我自己。

我算不上真正的“北漂”，16岁时，因父亲工作调动，我们全家搬来北京生活，有了令很多人羡慕的北京户口。但是如今我已在这里生活了快30年，却仍然不认为自己是北京人。

20世纪90年代初，我从一个四线城市来到首都北京，这座城市带给我的震撼远比如今电视剧里主角移民出国大得多。混在高中生里，虽然看起来跟他们没什么不同，但我心里知道：我们不一样，不一样。

上大学的时候交过一个男朋友，祖上三代都是北京人。学校里的爱情总是很简单，唱唱情歌，看看电影，以为未来很远，日子很长，而到了快毕业的时候，才发现原来站在一起的人要去的并不是同一个方向。

记得临毕业那年夏天的一个夜晚，我们推着自行车，站在长安街上大声地争吵。

我问他："快毕业了，你对未来有什么规划？"

他回答："家里已经帮我找好了工作，不需要规划了呀。家里有房子，一个月工资 800 块，够花了。"（那个年代刚毕业的大学生，平均月薪就是这么多。）

我很好奇："800 块？是够你自己花吗？你有没有想过你的未来里也有我，你就要这样过一辈子吗？"

他气坏了："你嫌 800 块少吗？你想挣多少钱啊？别那么好高骛远好吗？"

我也生气了："我肯定要挣得比这个多，而且要越挣越多，这不是好高骛远，这是有追求！人靠自己的努力赚钱怎么就不行了？"

"你这是嫌贫爱富，是典型的外地人心理，总想着瞎折腾……"他用这个论断结束了争吵，也决定了我们必将分道扬镳的结局。

那时我已经在北京生活了 6 年，在北京有家、有父母，说话也没有外地口音。但是，我知道自己内心里还是一个外地人。我知道我之所以能来到北京，是父母用前半生奋斗的结果，我并非生下来就能坐享其成。当时有限的生活经验告诉我，"奋斗"两个字是改变自己命运的唯一手段。

当然，我的那位男朋友后来娶了一个他认为可以"安心过日子"的北京女孩，而从不安分的我嫁给了到如今还在折腾不止的"北漂"老公。

很多年前，我认识了一个来北京闯荡的女孩。她有着平凡的外表，平凡的学历，平凡的家世，唯一不平凡的就是一颗想改变命运的心。

那时候她有一个从中学开始相恋多年的男友也在北京工作，两人已到了谈婚论嫁的阶段，但是她仍然独自在外租房，也许是内心还存有一些别的模糊希望。

那时候刚刚流行 QQ 聊天，全国许多的年轻人都在电脑上安装了这个新奇的社交软件。女孩由此慢慢扩展了她从家到公司，再从公司到男友家的简单生活轨迹，有了更多的约会。有时是和中关村写代码的工程师，有时是和中文里夹着半句英文的海归，有时又是和专程从上海飞来的银行职员……社交圈丰富起来后，她和我们这些女朋友见面的机会也就越来越少了。

好多年以后，听人说她早已和男友分手，正在和一个外国人同居，也有人说在地铁里遇到过她。但大家都不知道最后她去了哪里，嫁给了谁，是不是过上了她想要的生活。

我有一个同学，是学霸中的学霸，从小城市考到北京，从中国考到美国，一路名校读到了博士。如今她在美国华尔街赫赫有名的投行工作，是别人眼中典型的人生赢家。

有一天同学群里偶然说起了工作面试的事，她说当年在美国读完博士找第一份工作时没有任何社会关系，更找不到任何人帮忙，生生扛过了 6 轮激烈的竞争才通关成功，而得到现在的工作则是闯关了 8 轮。

当然，我的这位同学真的非常优秀，所以就是有再多轮竞争她也可以披荆斩棘，但这也足以见得，更高的平台，更公平的地方，竞争也更激烈，人终归还是要靠自己真正的实力得到想要的东西。

她也同时感慨，在毫无人脉的美国，工作可以凭实力，但是有些事就比国内难很多。比如去看病，在国内至少可以先找人打听一下哪个大夫好，可以去挂个专家号，少走很多弯路，而在美国只能是凭运气。生活中类似的事还有很多。

这就是生活，你得到的和你失去的总是此消彼长，都需要我们用同样的一颗心去感受和承担。没有谁的人生比谁更轻松，但真正靠自己握在手里的东西，才是最牢靠和真实的。

写这篇文章的时候，还有好多人的影子出现在我眼前，只是无法一一写下。每个人走到哪里，去向何处，回过头来看，其实都是自己一步步选择，一步步决定的结果。放眼整个世界，无论是乡村小镇，还是国际都市，哪里有真正安稳的生活呢？没有什么绝对的好与不好，只有我们自己想不想要。

谁都有选择自己想要生活的权利，但同时也要为自己的选择付出代价。我们总是在权衡自己最在意什么，然后为之奋斗。付出的是我愿意拿出来交换的，得到的有的是自由，有的是金钱，有的是成就，有的是真心……谁都没有权利嘲笑别人的梦想，愿所有人都能各得其所。

人生啊，逆境是常态，顺境才是意外

AQ 是英文 Adversity Quotient 的缩写，意思是“挫折商”“逆境商”，顾名思义，是指人们在遭受逆境时的处理能力，面对挫折时的忍受力。

据说一个人能不能成功取决于 3 个 Q——IQ（智商）、EQ（情商）和 AQ。虽然 3 个 Q 都强并不能保证成功，但 AQ 比较高，往往活得轻松倒是真的，因为人生处处是逆境啊！

从出生开始，人就迎来了充满困难的世界。想吃奶？你得大声哭别人才知道，知道了还不一定就能马上给你吃，吃到了也不一定够。翻身、爬行、走路，哪一个不是先经历了无数次失败才能学会？之后又要学习跑步、跳绳、打球……所有学习的过程都是经历无数挫败的过程。

长大之后，求而不得，得而复失的事也比比皆是。谈个恋爱，要与多少错的人相遇才会遇到对的那个，遇到了也不一定就能终成眷属，成了眷属也不一定能白头到老。找个工作，能找到自己喜欢、老板和善、薪水丰厚、离家不远、没有压力的完美工作几乎是不可能的，总会有这样那样的不顺心。梦想那么远，道路那么长，人生的挫折总像是没有尽头。

而那些你觉得顺遂的时光，似乎都只是生活里短暂停留的星光。一个好成绩，一个漂亮的案例，带来的都只是瞬间的开心和满足，之后又会苦苦追求更大的挑战、更高的成就，追求的过程几乎就是一次次失败累积起来的进阶。更不要说人生中那些随时随地会冒出来的挫败：被所爱的人劈腿，被信任的人背叛，被作恶的人欺侮，被人欠债不还，被人轻视或嫉妒，被批评、陷害、误解……就算你什么都不做，这些人生逆境也无法避免。还没算上亲人离世、自己生病、孩子叛逆等等每个人都会经历的人生难题。

突然觉得生无可恋吗？可这就是真实的人生啊。

所以说，如果 AQ 不及格，该怎么处理这么多的逆境呢？别说成功，连正常存活都很困难。人生中十有八九的不如意，以怎样的心态去面对，这直接决定了我们生活的幸福指数。然而，我们到底应该如何安放好自己的心？只用“乐观”二字搪塞过去显然是不负责任的。

窦文涛说，他在命运给予重击时就会认怂，不会玩命儿抵抗，想着不行就不行，我认了，我放弃了，宁可息事宁人，保存实力，换个战场再战嘛。在逆境之中不顽抗，也是一种生存之道。

我们经常听人鼓吹这样的观点：要逆光飞翔，不屈不挠，勇于克服。然而，又有多少人被这样的“伪正能量”害了：无论怎样艰难都要硬抗，导致心情抑郁，扛到最后扛不下去，反而耽误了一生。

我觉得真正的 AQ 是一种在逆境中还可以保持清醒的头脑，拥有平常心的能力，而不是盲目的乐观或毫无底线的硬扛。平常心指的是不要遇到困境就怨天尤人，愤怒暴躁，当你明白逆境才是人生常态时，要以平常心接纳。理智地解析、判断、抉择，才是最终能够让我们穿越逆境的法宝。

到底是应该低头转身，还是迎头对抗，抑或冷静地面对，努力扭转乾坤……怎样才能让自己在逆境中屹立不倒，其实并没有一个标准答案。因为每个人的性格差异，对逆境的忍受程度天生不同，最重要的是找到适合你自己的方法，让自己的心不那么受伤，所有处境都有办法应对，而不是被生活痛击之后无计可施、束手无策。

知道逆境永远都会如影随形，我们便少了祈求一生顺遂的妄念，而当顺境来临时，我们才能好好享受这份意外的礼物。

5 人到中年，都是英雄

面对沮丧我们能做些什么

人总是会遇到很多沮丧的事。

小的时候一次考试成绩不理想，闯了一个祸，跟小伙伴吵了一次架，都会觉得是天大的事，好像是一辈子都迈不过去的坎儿。

当然，等长大了回头一看，那些事简直不值一提，因为长大之后有更多的沮丧在等着我们。

如今人到中年，我们觉得自己简直是世界上最不容易的人。老人随便生个病，孩子考试成绩稍微不理想，都会让我们的心情降到冰点，更别说在公司里的麻烦事了。虽然已经做到了中高层，但是上有老板给的 KPI（关键绩效指标），下有需要带领激励的团队，每天都有四面八方甩来的糟心事需要你去处理……就是在夹缝中求生存。

我知道，等过了中年到了老年，也许会特别怀念现在的忙碌和烦恼，因为那时候也许有更多的无奈和沮丧在等着我吧。

至少，我现在还拥有一切——健康、父母、可爱的孩子。再过些时日，更多的麻烦也会无一避免地接踵而来。

所以说，芸芸众生都一样，生活的烦恼谁都无法幸免，我们就是与那些隔三岔五就会出现的小沮丧、小坎坷一路相伴走到人生终点的。唯一能做的，就是让随之而来的负面的小情绪，在跌宕起伏的人生中迅速被消解。

既然无法躲开，就要有直面坎坷的勇气和应对的方式。

就像感冒发烧，没有什么大不了的，但是我们需要知道如何退烧降温，从而避免引发更严重的病症。

道理是一回事，真的遇到了又是另一回事。记得有一次一个朋友说起了自己的经历：她有一份正式提案准备了很久，好不容易约齐了各位老板，正要开始信心满满地做汇报，突然收到了学校老师发来的短信，说她女儿被蜜蜂蜇伤了，有可能引发严重的过敏，让她即刻前往学校。女儿的事很重要，但是这份提案也很重要，那是自己花了很多心思和时间做出来的，不讲也太可惜了！

她本来已经按掉了电话，准备先讲完提案再去学校，却怎么也无法集中注意力，女儿的脸总是在她眼前晃。最后，她还是跟老板们道了歉，取消了汇报，匆匆赶往学校。

好在孩子的症状没有那么严重，她去了学校也就安心了。可是晚上她哄睡了孩子，想起白天那份未能汇报的提案，还是满心委曲。虽然她知道，如果再让她做一次选择，她仍旧会选择看望女儿，但放弃了工作中大好机会的沮丧感依然挥之不去。

作为一个职场母亲，这样的情景我实在太熟悉了。我们都明白，选择了就不要后悔，应该庆幸自己至少还有选择的权利，但我们还是会心痛惋惜。

有的时候诸事不顺：开车被追尾，家里人生病需要关心照顾，工作让你牺牲了很多个人的时间和利益。你搭上了许多人情，努力去完成任务，但也许就是差了点运气，非但没有达到预期目标，有时反而多做多错，被上司责难，被居心叵测的同事在背后议论……你真想甩手离开这个鬼地方，又舍不得好不容易争取到的职位，更何况家里也的确不能少了你这份还算可观的收入。

这种雪上加霜的沮丧真的需要很长时间才能消融……

类似这样的大事小事每天都在上演。很长时间以来，我都认为自己是个内心强大的人，很多别人觉得难以接受的事，我都可以通过自我宽慰，或者是自我追问，很快想通，时间长了都可以大事化小，小事化了，有时候我都觉得自己简直刀枪不入，可以应对生活中的各种艰难。

然而有一次，我听了武志红的心理学课，才明白原来我这种自我消化的方法并不正确。

任何能量都必须流动起来，才能够真正被化解。

简单来说，如果你为一件事沮丧，你就不能强迫自己接受它，因为这样一来，沮丧并没有真的从你身体里流出去，而是停滞在此，淤积在此，给你造成内伤。

正确的做法是发现自己沮丧的情绪后，找个机会把它讲出来，或者用某种方式将它表达出来。在这个过程中，你反而能够好好观察体会这种负面情绪从何而来，要往何处去。如何面对沮丧，我还在学习探索之中，但现在我至少学会了一点：我不再觉得自己无所不能，不会亲手拔下别人扎在我身上的刀，还硬说不疼。这个时候说句“我很疼”反而更真实，有时把刀子扔回去也没什么不应该。

我也不会再对讨厌的人保持微笑，因为那会把自己憋出内伤。觉得自己受了委屈，我也可以去告诉对方，我觉得他哪里做得不对，不需要为了保持涵养假装大度……

生活不易，我们都要好好爱自己。

如果你为一件事沮丧，你就不能强迫自己接受它，因为这样一来，沮丧并没有真的从你身体里流出去，而是停滞在此，淤积在此，给你造成内伤。

正确的做法是发现自己沮丧的情绪后，找个机会把它讲出来，或者用某种方式将它表达出来。在这个过程中，你反而能够好好观察体会这种负面情绪从何而来，要往何处去。

Sorry，我们就是还没有被干掉的“70后”

可能是性格的原因，我从来很不喜欢人云亦云随大流。每当全世界充斥着同一种声音的时候，我都觉得有必要问问自己：真的是这样吗？有没有例外？

这世界从来都不只有一个标准答案，以前没有，现在没有，未来也没有。

我也特别烦贴标签，什么女人就该怎么样，男人就该怎么样，结婚了就该怎么样，有孩子了就该怎么样……

所有的标签都是忽略个体的，好像人都是模具造出来的，时候一到就该被塞进固定的模具里，规范生命和成长。

最近一种流行的说法是，充满活力的“90后”已经理直气壮地把“80后”干掉了，“80后”过着上有老下有小的狼狈中年，而“70 后”已经逐渐沉沦，步入老年……

千百年来，一代人生，一代人死，一代人成长，一代人衰老，每个时代都有它的特色，每代人都有他们的芳华。我们是一个一个活生生的人，并不是生在某个年代，就一定要被打上“70 后”“80 后”的标签。无论年岁多大，我们更该关心的都是在这样的时代里，我们要如何和时代一起前行，如何在自己有限的生命里，活成自己想要的样子。

你不会只是因为年轻就机会更多，也不会只是因为年纪大了就失去自我价值。一切都取决于你如何面对自我，如何面对时代，跟年龄没有什么直接关系。

有人 20 岁就已经苍老，对一切失望；有人 80 岁还入职阿里，周游世界。虽然同龄的群体会有一定的共性，但是落到一个人身上，反而是个性决定了他的人生。

在任何时代，被干掉的都只能是停滞不前的人，不管他是“几零后”。

因为有几个“80后”的同事勇敢地辞职创业了，我们一直在招聘新的编辑，来应聘的都是“90后”。我和同事们满怀期待地约见她们，心想着又有新鲜的、活力十足的、对这个行业充满热爱的年轻人要来了，这对团队是好事啊。可是，招聘了一个月，也没有找到一个能用的人。

不是她们的专业水准不够——这个没关系，技能是可以培训的——而是她们一听到我们的工作风格和工作的压力强度，自己就先打了退堂鼓，觉得还是找一份事少、钱多、离家近的工作为好。

看看这些“90后”的年轻人，再看看我们的时尚集团大厦里意气风发、能吃苦、有想法的“90后”小仙女们，还有那些年纪轻轻就已经成就了一番事业的“90后”，若不是亲眼看见，我也不敢相信，他们居然是同龄人。

所以说，不管什么时代，什么年纪，优秀的人都是少数，也就是那些勇敢的人，愿意奋斗的人。

如今百度、阿里巴巴、腾讯三大互联网公司还掌握在“60后”和“70后”手中，大江南北的创业大潮中，除了大量想一夜之间变成第二个马云的年轻人，也有很多中年人。并不是年轻人爱创业，而是愿意冒险、奋斗、不甘心平凡的人爱创业。

这个时代对年轻人更加友好，因为年轻代表着新的活力、新的思考模式、新的消费力，但是凡事仅凭“年轻”二字远远不够。一个时代会赋予你机会，也同样会给你竖起藩篱。

曾经看过一篇报道：现在年轻人的身体健康非常令人担忧，往往“90后”的身体不如“80后”，“80后”不如“70后”。

就连我们小小的办公室中，经常生病做手术住院的也都是二三十岁的年轻人，而我们几个“70后”的“老年人”反而连续作战了十几年，一年到头也请不了几天病假。

有时干掉你的不是别人，而是你糟糕的生活方式、不健康的饮食习惯。

我身边有很多同龄人，大学毕业20年，已成为各自领域的中坚力量或行业翘楚，但每天奋力工作之余，还在不断地学习、吸收、接受、了解一切新的信息，尝试一切新的玩法。年纪的增长只是让他们更有责任感，他们并没有落伍或被时代抛弃。

如果你觉得有越来越多的事看不惯、看不懂，但仍然不去学习了解，那么你也许并不是被后来居上的年轻人干掉了，你只是被自己干掉了，跟别人一点关系也没有。

因为，活得朝气蓬勃、有声有色的“70后”仍然有很多。

10 岁的儿子告诉我，他恋爱了

出差一周，飞到了地球的另一端。

回到家，与日夜颠倒的时差作战，我打起十二分精神给了儿子一个热情的拥抱，告诉他："妈妈好想你啊！"他也还了我一个微笑："我也想你。"这本该是一个温馨祥和的夜晚，直到临睡前我帮他点好夜灯，准备给他一个 good night kiss（晚安吻）的时候……

儿子突然一本正经地问我："妈妈，我可以喜欢一个人吗？"

"可以啊，你喜欢任何人都不需要妈妈批准，因为这是你的自由呀……不过，你想喜欢谁？"压抑着内心复杂的情绪，我还是忍不住刺探了他的隐私。

“是我们班的小 E，她说她很喜欢我，还给我写了小纸条……”

他大概用了 10 分钟，向我讲述了他们互相喜欢的过程；这个女孩如何优秀，怎样给他带来了鼓励，让他克服了以前许多的恐惧……他眼睛发亮，带着一丝害羞，极其真诚地跟我分享着自己的第一次恋爱。虽然他小的时候也喜欢过一些漂亮的女孩，但我知道，这一次真的不同了。

我努力保持平静，嘴角上扬做出微笑的表情，仿佛他只是在跟我说今天自己上了什么课、吃了什么东西。但是，我的内心却有一个声音在呐喊：我的小可爱怎么忽然就恋爱了？忽然就长大了？10岁，这是不是太早了点儿？我该鼓励、劝说，还是假装什么都没发生，让这段感情自生自灭……

这短短的10分钟，对我来说无比漫长。当妈的与生俱来的操心之外，我也分明感受到了一种不合时宜的兴奋：人生中又一个具有挑战性的阶段就这样毫无防备地来了！

一直以为先到来的应该是儿子凡事都跟我说不的青春期，准备再准备，没想到今天他以这种方式给了我温柔的一击。面对这个一脸稚气，如此单纯又对我充满信任的小人儿，我必须要拿出一份真诚，不然，这扇毫无防备向我敞开了10年的心门也许会就此关上。

此时，我翻腾的内心渐渐平静下来，我尽可能用最平常的语气跟他说："谢谢你告诉我这件事，我希望你今后也能跟妈妈分享你所有的开心和不开心。你们在一起互相帮助很好，但是妈妈还是有点担心这会不会影响到你的学习、运动和其他喜欢的事，或者是你们跟其他同学一起玩儿的机会。"

"哎呀，妈妈，不会啦！这些我们都知道。喜欢一个人怎么会影响学习呢？应该会更努力学习才对。我觉得她是个不错的女孩儿，英文特别好，我只是喜欢课间和她一起聊天，还能向她学习。”儿子觉得我的观点很老土，虽然我也觉得自己想得太复杂，但关键的话还是要说。

“妈妈知道你现在很开心，我也替你开心，但是也许有一天你们不再互相喜欢了，你会很难过，到时候如果你需要妈妈帮助，也要告诉妈妈。”

“好的。”

对话完毕，儿子非常满足地进入了梦乡，我却久久毫无睡意。

这就是生命的规律，每一个做父母的都会一步一步迎来各种挑战，不管你是否已经准备好了。孩子在每个阶段都会给你出一道又一道考题，这些考题并没有标准答案，因为每个孩子都是那么不同，每个父母的成长过程也很不同，我们只能自己探索和尝试，找到和孩子共同成长的路。

我和先生这10年来与儿子沟通的方式都是有事一起商量，即便儿子犯了错误，我们也会耐心地为他指出来，并把背后的道理分析清楚，从来未曾在别人面前训斥过他。他的天性比较温和、沉稳，喜欢思考，所以这种相处方式给了他极大的安全感。今天他认为自己可以跟我们讲任何事，我很欣慰。虽然也许再过两三年，青春期到来的时候，他也会像其他孩子一样视父母为空气，但我相信在他的内心深处一定还会有一个来自我们的温暖空间，支撑他面对成长中的各种挑战。

今天我再一次认识到：哪怕是再棘手的问题，也是可以靠疏通解决的。任何一种情绪，只有让它流动起来，它才会按照自然的规律发展、衰退、消逝，任何人为的阻塞，都只能让它的能量更加聚集，因此产生更大的破坏力。当一个小孩第一次知道什么是喜欢，就让他自然地体验这种情感从发生到结束的过程吧，让他知道这是万物自有的规律，这对他心智的成长其实是有益的。

此时，我忽然想起我像儿子这么大的时候，也曾喜欢过那个帅气优秀的班长。只是，那时候我只能把感情藏在心里，不可能像现在的孩子一样，自由地表达出来，更不可能去跟父母倾诉。只能让这份人生中第一次经历的情感在一个角落悄悄凋零，时长应该不超过一个月……

想到这里，我觉得自己终于可以安心睡个好觉了。

“妈妈知道你现在很开心，我也替你开心，但是也许有一天你们不再互相喜欢了，你会很难过，到时候如果你需要妈妈帮助，也要告诉妈妈。”

中年以后，开始恋家

儿子四年级时，学校组织学生们去苏杭进行体验式学习，为期一个星期。这是快10岁的他第一次独自出远门这么久。离开的那天，早上5点多就要到学校集合，我因为前一天工作忙睡得很晚，并没有去送他，故作镇定地淡化了这次小别离。

等我醒来，看到朋友圈里都是学生妈妈们发的照片，有孩子背包远去的背影，有马上要开走的大巴，满是儿行千里母担忧的柔情。还有妈妈在问："不知道他会不会想我？"大家纷纷安慰："当然不会啦！"

和妈妈们形成鲜明对比的，是孩子们难以抑制的兴奋笑脸。他们和小伙伴热烈讨论着，人还在北京，心却早已飞到了美丽的苏杭。他们坐上车，欢笑着离开了父母。

这就是千百年来每一代人不断重复的生活：年轻人带着憧憬离家，父母除了目送他们离去，给予祝福之外没有别的选择。想起我 16 岁离家来到北京，踏上火车的那一瞬间甚至连跟妈妈告别都是雀跃的，因为新的目的地、新的生活实在太耀眼、太有吸引力。少年哪知别离味？都是为赋新词强说愁。当一个人觉得未来还有无限可能时，是不会回头看的。

真正开始眷恋家，是人到中年以后。家里有了两个娃，就多了很多牵挂，开始体会到人真的可以向另外一个人无条件、不求回报地付出感情。这种亲情纽带往往只存在于父母与孩子之间。

有一次儿子问我：妈妈，为什么我们是最亲的人呢？

我的回答是：因为我们曾经是一个人啊，你曾经是妈妈身体里的一部分，后来才分离出来变成了一个单独的人。所以我中有你，你中有我，我们注定就是最亲密的。

但其实回想自己长大的过程，更像是与原生家庭渐行渐远的过程，有时甚至急于脱离父母的管束，想要获得真正的自由。好像所有的事都比爸妈重要：学习重要、工作重要、朋友重要、恋爱重要、旅行重要……每天都被各种各样的事情填满，花光了热情和精力，对父母的依赖慢慢减少，最后亲情仿佛变成了一种责任，小时候的那种亲密已经许久不见了。

如今我捧着小婴儿娇嫩的小脸亲吻时，对离家的儿子牵肠挂肚时，我常常会想，爸妈年轻时也曾这样怜爱地亲吻过我的脸颊吧？也曾在我第一次离家时望眼欲穿吧？曾经小小的我望着高大健壮的父母，也觉得他们无所不能，可以永远做为我挡风遮雨的依靠吧……

如今，他们住在离我将近两千公里远的另一座城市，已经年近七十。我们每年相见的次数用一只手就能数完。别说相互依偎，连见面都很难。

从前我们全家人都住在北京，那时我对很多同龄人所说的乡愁没有多大感觉。那时我只需开车一小时就能回父母家，却几周才回去一次，一方面觉得自己很忙，没有时间，另一方面觉得父母家离自己不远，什么时候都可以回去。不过总觉得心里有个潜在的依靠，城市里还有个最后的去处，可以食饱、穿暖、有人关心。

后来出于各种原因，父母和妹妹陆续搬到了成都定居。在北京生活了快 30 年，我突然变成了真正的“北漂”。房子虽还是原来的样子，但人搬走了，“家”也就不在了。哪里是家？有父母的地方才是家呀。如今我想回趟家，就要坐上三个小时飞机，穿越大半个中国。真心后悔我未曾珍惜那段开车一小时就可以回家的日子。

每个人都会有自己的小家，平日里为这个家忙碌，好像也并不觉得孤单。可是内心需要抚慰和支撑的时候，想到的往往只有自己最亲的人——不管你年纪多大，职位多高。记得我生第一个孩子的时候，已经超出了预产期一周却还没有什么动静，妈妈非常紧张，寝食难安。于是，她打电话向我 80 多岁的外公求助：“爸爸，我的女儿要生孩子啦，我好紧张啊，怎么办？”外公地安慰她说：“不要紧张，瓜熟蒂落，一切都是自然现象，我们顺其自然就好。”就是这一句淡然从容又充满智慧的话，平复了妈妈的焦灼的心。

不管多大年纪，有父母，就不会孤单，心底就永远有个依靠。

当回家的次数寥寥可数，当每次回家时父母都老了一点，我总是告诉自己：要多回来，尽最大的可能多回来。时间是不会等待我们的，不会等待我们变得空闲，不会等待我们事业成功，它会一天天带走岁月，带走我们和父母团聚的机会。

许多人都会为孩子大办生日宴会，搞得很隆重，我的小女儿一岁时，我带她飞回了成都，因为我觉得最隆重的庆祝方式，就是全家人团聚在一起给她唱一曲生日歌。

古人说：父母在，不远游。如今我们虽然很难做到不远游，但可以尽量做到常相思，常相见。

这就是千百年来每一代人不断重复的生活：年轻人带着憧憬离家，父母除了目送他们离去，给予祝福之外没有别的选择。想起我16岁离家来到北京，踏上火车的那一瞬间甚至连跟妈妈告别都是雀跃的，因为新的目的地、新的生活实在太耀眼、太有吸引力。少年哪知别离味？都是为赋新词强说愁。当一个人觉得未来还有无限可能时，是不会回头看的。

好好照料这颗心

不管以什么样的心情生活，时光总是不管不顾地径自走着。不管是满怀希望还是有着小小的悲伤，时间都是这样一分一秒地过去，不会为任何人停留。既留不住喜悦，也留不住伤心；既留不住欢聚，也留不住别离。我们的心一年又一年经过时光的碾压，依然坚强地跳动着。

儿子今年 10 岁了，有时候看上去已像个小小的男子汉，会跟我讨论世界格局、职业发展、人生选择等等大事，让人觉得他马上就要变成大人了；有时却还喜欢偷偷吃糖，做点儿无伤大雅的坏事，被发现时调皮的笑容又时时提醒我他还是个孩子。

有一天，平时乖巧听话的儿子表现得特别反常。我和他爸爸出去应酬回来晚了，他一如往常，自己洗好澡盖好被子躺在床上，却迟迟不肯睡觉，睁着大眼睛直到我们回来，看到我们之后他就开始哭，从最开始的默默流泪变成小声抽泣，最后伤心欲绝地号啕大哭。

我和他爸爸都不知所措，因为儿子从来不会无理取闹，我们都不明白他为什么会哭成这样。我试探着问他原因：是不是在家里闯了祸？是不是一个人睡觉害怕？是不是不喜欢爸爸妈妈晚回来？他都摇头说不是。最后我把他搂在怀里，看着他耸动的小肩膀，突然明白了原因。

“是不是一个人的时候想到有一天你会离开爸爸妈妈，

不能跟我们生活在一起了，所以伤心？”他使劲儿点了点头，说：“我不想将来离开你们。我们永远在一起好不好？我不想长大，我要永远做你们的小孩。”我把他搂得更紧了，安慰他说：“爸爸妈妈会一直陪着你的，我们永远都不分开，所以以后一个人的时候不要再想这些。”很快，他就安心地睡着了，睫毛上还挂着泪珠。

我知道，也许一觉醒来，他玩一会儿游戏，就会把昨天的伤心事都忘了。我也知道，用不了几年进入了青春期，他也就不会再缠着我们，只想早点儿离开家，到外面的世界去看一看。但我并不想给他讲那些大道理，那些事他迟早有一天会自己面对。此刻我只想跟他说那些美好的承诺，虽然它们只是不切实际的希望和幻想，却能在此刻安慰他的心，让他觉得安全和温暖，这才是最重要的。而未来对他而言，最重要的也不过是在这漫长又短暂的人生路上，无论有怎样的际遇，都能好好地安放好自己那颗心。

我们每个人用尽一生，也都不过是在追求这颗心的安定祥和。对与错，没有那么重要，是与非，也都只来自内心。正因为世界的复杂与不可控，每个人的生命放到苍茫宇宙中又是如此渺小，所以能把自己照顾好，能够心安，就是一件很不容易的事了。

人总是会被很多欲望牵引着，有来自内心的欲望，有被他人蛊惑的欲望。有时候是想要很多的爱，有时候是想要很多的钱，也有时候只是想要一个更好的自己。所以，我们一直都在追求的路上，追求这些欲望得到满足。这，也没有什么不好，更没有什么不对。有人有了爱才会心安，有人有了钱才会心安，有人成了自己想成为的那个人才会心安，别人眼里的成功对错于我们往往毫无意义，只有自己的这颗心才最值得照料。

在这复杂的世界上，从来都没有什么“一定”。付出再多努力也有可能会失败；医生奋力救回的病人最终也有可能死去；你付出了全部真心去爱的人也有可能会背叛你；你今天红遍世界，明天也许就没人记起；好人不一定有好报，而坏人也不一定会被惩戒……这就是最最真实的世界，不是吗?

但我们是还要好好地生活啊。在被辜负的时候如何去原谅，在被误解的时候如何释然，在失望的时候如何唤起希望，在挫败的时候如何鼓起勇气，这一切都只有我们的心才能给出答案，只要有一颗安定与安宁的心，这一生再难你都不会崩盘。

有时候，我们为了表现得坚强不肯掉泪；有时候，我们为了表现得勇敢不肯退却；有时候，我们想掉泪却仍要笑，想要笑却不得不忍住……其实，除了你自己，并没有人会那样在乎你。不能好好照料自己的心，才是对此生最大的辜负。

愿你不必拼尽力气，总是心安。

此刻我只想跟他说那些美好的承诺，虽然它们只是不切实际的希望和幻想，却能在此刻安慰他的心，让他觉得安全和温暖，这才是最重要的。而未来对他而言，最重要的也不过是在这漫长又短暂的人生路上，无论有怎样的际遇，都能好好地安放好自己那颗心。

你能接受孩子终将是个普通人吗

我有很多朋友结婚较早，孩子今年都该中考或是高考了，他们的学习成绩经常会成为大家聚会时的话题。有些孩子非常优秀，是清华附中、人大附中的高才生，和他们的学霸父母一样，上个名牌大学并不意外，反而是顺理成章的事情。

是的，人的智商也许真的可以遗传，但也有普通的父母养育出了极为优秀的孩子，有人说这是因为家长比较重视家庭教育，会科学育儿。其实也不见得，很多优秀的孩子，父母都只是普通的农民，他们未必懂得"科学育儿"，却传递给了孩子朴素正直的价值观。

我开玩笑说：想拥有一个牛娃就只能靠强大的基因啊，

或者靠命！

说笑归说笑，残酷的事实是：学霸永远是少数，就像创业成功者的比例也是微乎其微，你怎么能保证自己就是那极少数的幸运父母呢？

为了能让孩子有一个好未来，家长们真的很拼，拼时间、拼精力、拼金钱、拼社会关系……从学区房到课外班，再到艺术培养、身体素质训练、社会实践，只要是能帮上孩子的，都会不遗余力。都说生一个孩子就是生了一台碎钞机，几千、几万、几十万，分分钟就变成了钢琴课、篮球课、高尔夫训练课，以及国外夏令营的报名费。然而，这些钱和我们操的心比起来，简直不值一提。

家长们都一样地拼，但孩子却不是一棵树，不是你按时浇水施肥就能长得郁郁葱葱、高大挺拔。孩子是一个人，能不能出类拔萃，不一定和你的付出成正比。我问那些学霸孩子的父母：怎么做孩子才能这样优秀？得到的答案往往是：我们没做什么啊，他就是全靠自觉。你说，这还不是靠命吗？

我家儿子今年10岁，聪明可爱，温和善良，求知欲强，学习成绩也还不错，一些科目很优秀，是一个好孩子，但在人群之中并不是特别出类拔萃。因为家里两代人都从事艺术工作，我总以为儿子多少会继承一些艺术基因。专业美术科班出身的先生一直不建议过早送儿子接受程式化的美术教育，只是在耐心等待儿子慢慢展现出色的绘画才华……然而，10年过去了，除了发现他的总体审美能力还算过得去之外，在绘画这件事上他并没有什么突出的表现。

他喜欢音乐，3岁就在自己的强烈要求下开始学习弹钢琴，也能很敏感地捕捉到乐曲里的情绪与美妙。然而学到现在，他也并没有展现出什么过人的音乐才能，学习一忙连每天坚持弹琴也很难做到。

他镜头感很强，从小面对镜头就比同龄人更有表现力。于是我们送他去戏剧营，和一群孩子进行戏剧表演。可他只上了一期，就再也不想去了，不过班里同学的表演展示他却场场不落，看得津津有味。

他喜欢的运动也不少，冬天滑雪，夏天划帆船，游泳和网球都保持着每周固定的训练量，也都蛮喜欢，但水平离参与竞技比赛还有一定差距。平时他也喜欢看书，知识面比较宽，经常可以参与许多社会话题的讨论，算是一个爱思考，爱学习的好孩子。

但是，但是——我们当然希望他能更出色啊！不是因为父母的虚荣心，而是作为人生已经走了一半的中年人，我们深知生活的无奈与残酷，所以希望他自身的优秀，可以帮他抵挡更多的风雨，让他拥有一个物质和精神上都更加舒适自由的人生。

有时候不禁问自己：如果你早已预知这个孩子终将成长为一个普通人，没有伟大的成就，只会平平淡淡过完一生，你还愿意像现在一样付出吗？

答案当然是肯定的，作为妈妈我当然愿意，只要他能好好长大，平安快乐。可是，为什么此刻我还是有那么多妄念，那么多不切实际的欲望呢？

这世上绝大多数人都是平凡的，包括我自己，这就是最真实的世界。想想我的父母，生下了我和妹妹这两个普通的孩子，我们上学时不是学霸，没有考上名校，也没有变成富豪，让父母过上更富足的生活，更没有变成明星、作家、艺术家、科学家让父母骄傲，反而在成长之路上给他们添了很多麻烦，让他们失望了很多次。然而，他们如今还是一样爱我们，付出并未因此减少一分。

而我们也并没有因为自己不那么“成功”，就觉得生活特别悲惨。作为普通人的我们，生活里也依然有很多美好和快乐。当然，我们也会经历悲伤和烦恼，遗憾此生没有辉煌的成就，却也能好好安放这颗心，放下不切实际的妄想。

既然我们都能接受如此普通的自己，那为什么不能接受一样普通的孩子呢？他们是我们生命的伙伴，不是投资，不是财产，也不是我们后半生的依靠和希望。想明白这一点，就会更懂得该如何相处，如何帮助，如何给予。我们投入了那么多的时间与心血，最终获得的只能是和孩子之间的情感、回忆与爱，而不是另一个“成功”的人。

有时候不禁问自己：如果你早已预知这个孩子终将成长为一个普通人，没有伟大的成就，只会平平淡淡过完一生，你还愿意像现在一样付出吗？

答案当然是肯定的，作为妈妈我当然愿意，只要他能好好长大，平安快乐。

谁不是提着一口气在生活

像我这样的公司中层，工作总是很繁忙的，不仅要承担上面给的 KPI 压力，还要处理团队里的各种鸡毛蒜皮，而作为主编，每一期杂志的 deadline（截稿日期）总是逼得我手忙脚乱，更不用说还要去世界各地出差，应对工作上各种想去或不想去的应酬了。

家里的事也越发忙碌：儿子马上就要上中学了，我要妥善安排好他的学习、运动以及上课外班的时间，光是每天接送他的时间表就做满了一整页纸；小女儿的幼儿园还没有选好，连做前期调查和参观的时间都安排不开；公公婆婆爸爸妈妈年纪大了，从身体健康到心情变化，每一个点关注都不能少；而我自己也还有人际关系需要维系，每周的健身课也绝不能随意取消……

这就是我的生活，一个典型的中年女人的日常。每次有朋友客气地夸奖我把工作生活平衡得很好时，我都会很不好意思地回应：没有啦。其实心里想说的是：人到中年，谁不是提着一口气在生活？

有这口气提着，每天早晨醒来的时候就有了力气，外面就算风大雨大也敢冲出去，脊背挺得直直的，什么也压不弯。这口气是不能松下来的，松下来世界就会坍塌。

在日复一日的忙碌中，有时也会感觉怎么有那么多事情要做，那么多人要见，那么多情绪需要去照顾？我可不可以活得更任性一些，可不可以更自由一些?

前些天因为一件小事找一个朋友帮忙 ，因为很久没见，我在电话里免不了要问问他最近怎么样。没想到他长出了一口气，说：终于开始新的一年了，过去这一年我真是倒霉透了。先是年初自己骨折了，什么也做不了，工作也不顺利。在家养了好久，腿好了，工作刚刚有点儿起色，年幼的小儿子突然生了一场非常危险的大病，肠子和浑身的关节都肿了起来，住院、手术，全家人围着孩子转了几个月，每个人都耗得瘦了十几斤，好不容易有点儿起色的工作又被耽误了下来。现在孩子还没过危险期，老母亲又病倒了……

电话这头，我真是不知道该怎么安慰他才好，因为知道自己无论说什么都是很苍白的，实质上的忙一点儿都帮不上。没等我宽慰的话说出口，他反而开始宽慰我：“没关系，至少最艰难的时期已经过去了，孩子在慢慢好转，母亲的病也不是太严重。你的事我一定帮忙，你放心吧！”他的语气也逐渐轻松起来。

前面他跟我讲的那一堆生活的难，并不是用来拒绝帮我忙的，他的豁达和热心反而让我觉得很抱歉，给他原本已很忙乱的生活又添了新的麻烦。“生活总是要继续啊！”他在电话那头笑着说。

我有一群非常要好的老同学，虽然都不常见面，却因相识于年少，彼此感觉特别亲近。有一天大家在群里聊天，聊到兴起有人张罗着出来喝一杯——当然这种临时约局很难成行，拖家带口的人总有很多琐事，不可能像小时候一样抬腿就出门。有人要接孩子，有人要加班，有人有应酬……有个同学说出了他的理由："今天保姆请假了，我得跟我爸一起照顾我妈，喂水、喂饭、擦身、收拾大小便。一会儿儿子要回来，一周只能见一面，我得陪他吃晚饭，所以不能来聚会。"

他说得那么平淡，没有一丝情感起伏，好像这就是最正常不过的生活。后来我才知道，他母亲的这种状况已经持续了很多年，事业有成工作忙碌的他一直过着这样的生活。的确，这就是他的日常。我几乎很难把平日里那个嬉笑怒骂、开朗爽快的人跟这种日常联系在一起。他胸中的那口气提得久了，已经成了习惯。

于是，我越来越少地抱怨，因为觉得生活已经非常眷顾我了：我做着自己选择的工作，家人都还健康平安，不珍惜上苍给予的幸运，还要奢求什么？

胸中提着的这口气，就是对生活仍存的美好向往，那是每个人平凡生活里的英雄梦想。人到中年，每个人都是英雄。

诗酒人生

人到中年总是陷在各种忙碌之中，出差不断，要做的项目又多，“压力山大”变成常态，更不要说身处传媒行业，每天接触的信息量巨大，不终生学习就会被时代远远抛下。

除了自己的专业，其他各种各样的知识，大到管理技巧、区块链技术、华尔街动向、国际政治局势都需要知道一些。家里也还有一堆事情无法推脱：老人的健康，孩子的学习，家务的安排……没有三头六臂哪能应付得了这一地鸡毛的生活?

可是，也不完全是因为人到中年才突然生出了这么多生活的烦恼吧？回想十几二十年前，我还很年轻，生活里没有那么多琐事，却也并没有觉得轻松多少。那时候烦恼的事也好多啊：找不到合适的人恋爱很焦急，找到了男朋友也体会着“相爱容易相处难”的苦恼；每天努力加班，盼望更好的职位更高的薪水；升了职加了薪就更忙，要加更多的班，睡更少的觉……生活里的烦恼从来都是此消彼长，从来没有什么真正的岁月静好。

要想在鸡飞狗跳的生活里保持一颗鲜活的心，就要找到抚慰自己的办法。世上最可怕的魔鬼就是心魔，你心里所想象的那个世界，总会渐渐变为你的现实世界。

比如，今天的天气很晴朗，完全没有沙尘雾霾，白云朵朵，繁花盛放，但你刚和恋人分了手，或是突然之间失了业，那些美景在你眼中就会完全暗淡无光。反之，即便身处狂风暴雨之中，只要你心里装着一件特别美好的事，外界的一切就都不能干扰到你的好心情。所以，好好放置自己的心，是应对所有烦恼的有效办法。

心怎么放？我们将目光放长远来看待这一生，就不会那么心神不安了。其实，我们每个人都知道，现在拥有的一切终将失去——也许就在明天，也许在未来几十年后的某一天。所以对于不确定的未来，我们只需想明白，活着时对我们来说最重要的事是什么？虽然每个人的答案都不相同，但你总会找到属于自己的真实答案。对你自己诚实，这个问题你只需为自己回答。这样，最重要的时间该怎么分配，你心中就有了笃定的答案。

年轻的时候，我住在北京四环内，地铁旁。我和老公每天加班到夜里 12 点以后，周末也至少有一天在加班。我们从不邀请任何人到家里，因为实在没有精神应付，回到家就想歇着，不说话，休息，睡觉。任何人的来访对我们来说都是一种打扰，现在想来真是不可思议。是的，那时的我们以事业为重，心中的梦想支持着疲惫的身体熬过了一个又一个难关，没有觉得苦，但也总觉得有什么未被满足。

人在最好的年华里，会尽情透支自己的身体、精力和时间，很少会花时间想清楚什么是自己真正想要的。在我看来，人生就是一场体验而已。我想要在这场体验里尽兴地生活，并尽己所能影响和帮助更多的人。所有的一切终将离我们而去，但在世间的意义是由我们自己决定的。

直到现在，我都在尽情地工作。人到中年之后，也更要尽兴地生活。我的生活里除了出差、会议、报表、业绩，也要有诗情、酒友、歌声。我不想错过孩子每一天的成长，也不想错过与父母的每一次欢聚，更不想失去与爱人朋友把酒言欢的时刻。

前两年我们搬到了郊区，住在一个有院子，可以看到明月光的地方。每个周末，家里总是高朋满座，我们宴宾客，谈风月，也共谋未来，做彼此的军师和心灵按摩师。孩子们在周围奔跑欢笑，在我们眼前一天天长大。

虽然还是一样地忙碌，工作依然有压力，生活依然有烦恼，但这就是我理想中生活该有的样子：活色生香，温暖而具体；有柴米油盐，也有诗酒长歌。

这是最美妙的事：拥有你喜欢的一切，按自己的意愿过一生。

后记

写给亲爱的自己

亲爱的自己：

你好吗?

这么多年以来很多人都曾这样问候过你，你大多数时候的回答是：我很好。其实，你当然也有许多感觉很糟糕、很沮丧、很无助的时刻，但是好在你总是能从跌倒的地方爬起来，拍拍身上的灰尘，像从未受过伤一样怀抱希望继续前行。这不是天生的本领，而是岁月送给你的礼物。

愿接下来的这些年，你能对自己更好一些，因为你才是自己唯一的珍宝。就算工作再忙，有再多“大事”想做，也还是要把自己的身体健康放在第一位。你还有两个孩子需要照顾，需要你陪他们长大。

健身要坚持，好的饮食习惯要继续，但更重要的是，你需要更充足的睡眠。所以，不管要截稿的文章有没有写完，讲课用的 PPT（幻灯片）有没有准备好，不管有多么重要的事等着你决定，不管有多么好看的电视剧正在播出，每晚 12 点一到，你都要强迫自己关灯睡觉。在 11 点之后，你就需要进入就寝模式，把手机电脑放得远远的，因为它们真的非常影响睡眠。

尽量花更多的时间跟孩子们在一起吧！你可爱的儿子再过几年就会变成大人，再也不是在你怀里撒娇的小乖乖了。他离家求学之后，和你朝夕相处的日子就将所剩无几。小女儿刚刚两岁，开始知道妈妈是谁了，你一定不想错过她成长的每个细节，更想让你的怀抱给她足够的安全感。那么晚上和周末都不要应酬，早点回家，这一点你之前就做得很棒。虽然这对于你的工作来说很艰难，但聪明如你，一定可以安排得更好。

父母搬回成都以后，你们见面的次数越来越少。曾在同一个城市生活了30多年，却并没有特别珍惜，此刻你心里一定非常惦念他们。虽然你对抗孤独的能力非常强，但还是尽量多安排时间回去与他们团聚吧。一年又一年，你总以为时间很多，日子很长，一转眼自己也已经变成了名副其实的中年人。

随着自己的年龄渐长，身边也不断有亲人和朋友离世，在悲伤和不舍的同时，你对生命唯有更加珍惜，也更容易分清哪些才是真正重要的人和事。花精力在真正热爱的事上，花精力与真正喜欢的人在一起，才是对生命最诚挚的珍视。

你是一个好强的人，所以总是很努力。你一直坚持了解各种最新资讯，并用一切碎片时间进行学习。这些年你听了很多的课，了解了很多以前不了解的领域，扩展了许多知识面。但是，我还是要劝你，有的时候仍然需要挤出时间，多读读书籍。我知道属于你自己的时间很少，但读书确实可以缓解你内心的焦躁。愿你的心越来越安稳平和。

你做事总是要求很高，对自己，对别人。这没什么不好，你不用觉得抱歉，因为只有达到了你心中的目标，事情才能做得漂亮，你才可能收获幸福。只是，当别人达不到你的标准时，你要再多一点耐性，因为人和人是不同的，这一点你比谁都清楚。不要总是为了别人的错误而生气，生气没有用。在遇到问题时，专注去解决问题，会让你少生很多气，也能更好地减少焦虑。自己的身体最重要，我再次提醒你。

你大部分时候都充满了正能量，因为在过去44年的生活里，你发现正面积极的态度确实帮你度过了很多难关，你的生活和工作都因此应对得不错。但是你也没有必要隐藏起脆弱和伤心，没必要表演坚强。偶尔示个弱，偶尔低落和沮丧，都是有利于身心健康的break（休整），会让你的心理更加健康。

你总是不好意思拒绝，因为你总是觉得，那么直接的拒绝会让别人伤心、没有面子，于是你浪费了很多时间，去思考和处理一些因为不懂拒绝而带来的麻烦。而事实证明，浪费这些时间和精力真是不值得。随着年岁的增加，总要学点新本事，对不喜欢的人，不想做的事，直接说no，没有什么不好意思，这是对双方都负责任的做法。

未来的时光也许会风平浪静，也许会遇到许多从未经历的困难。但我相信，你一定都会好好地面对，好好地解决。因为你未曾辜负过生命中的每一年，希望今后也是一样。

最后，祝你天天快乐，生命中的每一天都值得珍惜。